마시지 않고도 취한 척 살아가는 법

마시지 않고도
취한 척 살아가는 법

일상은 번잡해도 인생은 태연하게

김원 지음

21세기북스

취한 눈이든 말짱한 정신이든
인생은 비몽사몽

아무런 생각도 떠오르지 않을 때까지

내 머릿속에 있는 생각들을 모두 비워내야 한다.

그런데 어떻게 내 머릿속의 생각들을 비우지?

그 방법은 나도 잘 모르겠다.

하지만 그것이 가장 먼저 해야 할 일이다.

글을 쓰기 위해서는 일단 머릿속을 비워야 한다.

좋은 글을 쓰고 싶다는 생각.

나 자신을 멋진 인간으로 포장하고 싶다는 생각.

책이 나왔을 때 독자들이 뜨겁게 반응해

책이 많이 팔렸으면 좋겠다는 생각.
내 머릿속을 가득 채운 생각과 욕심들을 버려야 한다.

그럴 수만 있다면 가장 솔직한 자세로 글을 쓰고 싶다.
나는 이번 책에 담을 이야기들을 쓰면서
지속적으로 그 자세를 유지하려고 노력했다.
그리고 마지막까지 그 자세를 잘 지켰다는 느낌이 들어서
나름 흐뭇해하는 중이다.

이 책의 제목 『마시지 않고도 취한 척 살아가는 법』은
21세기북스의 편집팀에서 붙여준 이름이다.
그것은 이 책에 지어준 이름이기도 할 터이고
어쩌면 나라는 인간에 대해 붙여준 별명이기도 할 것이다.

돌아보면 나는 정말로 많은 술을 흡입하며 살아왔다.
'마시는 게 아니라 즐기는 것'이라고 스스로를 위안했으나
걱정스러울 지경의 음주생활을 지속해온 것이 사실이다.

만취상태에 도달해 목숨을 잃을 뻔한 경우가
이제껏 모두 다섯 차례도 넘는 것 같다.

눈 내리는 깊은 밤 잔디밭에 누워 잠이 든 일까지 포함하면
어쩌면 열 번이나 스무 번에 이를지도 모르겠다.
그렇게 죽어라 마셔댔는데도 아직까지 살아있는 게
경이로울 따름이다.

'살자'고 태어난 인생인데 어쩌자고 그렇게
'죽자'고 퍼마셨던 걸까?
나로서는 술이 좋아서라기보다는 함께 술에 취해
이야기를 나눴던 뜨거운 가슴의 친구들이 좋아서,
모든 것을 벗어젖히고 인간 본연의 자세로 돌아갈 수 있었던
그 적나라한 술자리가 좋아서, 라고
혀가 꼬부라진 소리를 늘어놓을 것이 뻔하다.
이렇게 퍼마시다가 몽롱한 상태에서 세상을 하직하리라.
늘 그렇게 생각하며 살아왔다.
조금은 부끄럽게. 그리고 조금은 뻔뻔하게.

술에 취한 눈으로 바라보면
세상이 그렇게 평화로울 수가 없다.
각박한 세상도, 나를 매일 볶아대던 선배도, 야멸찬 연인도,
모두모두 귀엽고 사랑스럽게만 보이는 것이다.

맨 정신으로, 말짱한 눈으로 세상을 바라보면

세상이란 그렇게 아름답기만 하지도 않고

내 마음대로 할 수 있는 호락호락하고 만만한 상대가 아니다.

끝없는 헌신과 봉사를 요구하는 세상살이를 날마다

흐뭇한 상태로 살아내고 즐겁게 마무리하기란 쉽지 않다.

술이 우리들의 긴장을 풀어주는 것은 사실이다.

나는 취했을 때 유연한 자세의 내가 되는 걸 좋아한다.

그런데 술을 마실 때마다 나는 늘 그런 생각을 했다.

술 마시지 않고도 취한 상태가 될 수 있다면

얼마나 좋을까!

이 책 속에 담긴 이야기들은 어쩌면

한 사내가 수십 년 동안 자신의 모든 것을 바쳐 연구해온

'술 마시지 않고도 몽롱해지는 법'에 관한 보고서라

할 수도 있을 것이다.

위로와 격려가 필요한 세상을 살아가는 우리들에게

따뜻한 한 그릇의 '마법 수프'가 되길 바라는 마음으로

이 이야기들을 당신에게 건넨다.

2019년의 마지막 겨울이 깊어가는 남산에서

김원 드림

| 차례 |

1장 | 우리는 누구나 이것이 아닌 저것이고 싶다

2장   안드로메다형 인간의 생존법

3장 | 혼자 있고 싶지만 외로운 건 싫다

4장 | 죽음이라는 이름의 축제

.

우리는 누구나
이것이 아닌
저것이고 싶다

넌 그냥, 네가
하고 싶은 대로 하면서 살아

하고 싶은 대로 하면서 산다는 건 축복이다.
그것처럼 행복한 삶이 어디 있으랴.

• • •

늦은 밤 작업실에서 일을 마치고 집으로 가려고 길을 나섰
는데, 한 젊은 여자의 통화 소리가 들렸다. "그래, 그러니까
넌 그냥 네가 하고 싶은 대로 하면서 살아." 묘한 슬픔과 허
탈함이 느껴지는 나지막하고 서늘한 목소리였다. 섣부른 짐
작이긴 하지만 아마도 남자 친구와 말다툼하는 중인 것 같
았다. 잔뜩 화가 난 것으로 보이는 그녀의 옆모습을 바라보
며 문득 그런 생각이 들었다.

'나는 과연 나 하고 싶은 대로 잘 살고 있는 걸까.' 세상
속에서 '내 맘 같지 않은' 사람과 부대끼며 사노라면, 어쩔
수 없이 상대의 눈치를 살피게 된다. 아이는 부모의 눈치를
살피고 부모는 또 부모대로 아이의 눈치를 살핀다. 아내는
남편의 눈치를 살피고 남편 또한 아내의 눈치를 살핀다. 직장

상사와 부하직원 간에도 그렇고, 친구 사이에도 그렇고, 사랑하는 연인 관계에서도 마찬가지다. 우리는 늘 상대방이 나에 대해서 어떻게 생각할지를 신경 쓰며 적절한 대응을 하기 위해 노력한다. 매사에 눈치껏 행동한다는 이야기다.

곰곰이 생각해보면 나는 늘 내가 하고 싶은 대로 하면서 살아왔다. 공부하고 싶을 땐 공부하고, 놀고 싶을 땐 놀았다. 공부하고 싶은데 그 욕구를 참아가며 놀았던 적이 없고, 놀고 싶어 죽겠는데 그걸 꾹 참고 공부한 적도 없다. 그래서 그런지 공부한 시간에 비해 논 시간이 압도적으로 더 길긴 했지만. 아무튼 공부하고 싶을 땐 공부했고 놀고 싶을 땐 놀았다. 음악을 듣고 싶을 땐 음악을 들었고, 그림을 그리고 싶을 땐 그림을 그렸고, 술을 마시고 싶을 땐 술을 마셨고, 자고 싶을 땐 잠을 잤고, 산에 가고 싶을 땐 산에 갔고, 바다에 가고 싶을 땐 바다에 갔다. 평생을 그렇게 하고 싶은 대로 하며 살았다.

하고 싶은 대로 하면서 산다는 건 축복이다. 그것처럼 행복한 삶이 어디 있으랴. 먹고 싶을 때 먹고, 자고 싶을 때 자고, 일하고 싶을 때 일하고, 쉬고 싶을 때 쉬는 삶. 말하고 싶을 때 말하고 말하기 싫을 때 말하지 않는 삶. 모두가 '예스'라고 대답할 때 두 주먹을 불끈 쥐고 '노'라고 대답할 수 있는 삶. 모두가 '노'라고 대답할 때 힘껏 큰 소리로 '예스'라고 말할 수 있는 삶. 광풍이 몰아치는 갑질 앞에서도 의연하고 당당한 을의 자세를 보여주는 삶. 그런 식으로 늘 자기가 하고 싶은 대로 하면서 산다면 그보다 더 흐뭇하고 즐거운 일은 없을 것이다.

'자신이 원하는 대로 사는 삶'은 어쩌면 우리 모두의 꿈일지도 모른다. 하고 싶은 대로 하는 걸 싫어하는 사람이 어디 있으랴. 누구나 다 자기가 하고 싶은 대로 하려는 욕망이 있다. 그것은 본능이다. 실제로도 인간은 누구나 하고 싶은 대로 하면서 산다. 남의 물건을 훔치길 좋아하는 놈은 남의 물건을 훔치면서 살고, 사기 치고 거짓말하기를 좋아하는 놈은 거짓말을 밥 먹듯이 하며 살고, 봉사 활동을 하며 보람을 느끼길 좋아하는 놈은 평생 헌신하며 살고, 노래하고 춤추길 좋아하는 놈은 온 동네를 돌아다니며 각설이 타령을 하며 산다. 공부를 좋아하는 놈은 공부를, 연애를 좋아하는 놈은 연애를, 운동을 좋아하는 놈은 운동을, 방바닥에 뒹굴며 놀기를 좋아하는 놈은 틈만 나면 드러누워 사는 것이다.

사람은 누구나 다 하고 싶은 대로 하며 산다. 그것이 기본적인 삶의 방향성이고 원칙이다. 그런데 어째서 툭 내뱉는 '너 하고 싶은 대로 하면서 살라'는 말이 마치 상대를 향한

비난으로 들리는 것일까? 아마도 그 말을 하는 사람의 억양에서 느껴지는 뉘앙스 때문일 것이다. '넌 너밖에 모르는 이기적인 인간이니까, 그딴 식으로 살라'는 메시지 말이다.

그러니 이것은 참으로 아이러니다. 누군가에게 '자신이 원하는 방향으로 자신의 삶을 살아가는 것'은 권장하고 응원할 만한 일이라고 생각하는데 어째서 우리는 상대의 기분이나 마음을 존중하고 그의 눈치를 살피며, 내 마음대로 하고 싶은 본능과 욕구를 억누르며 살아야 할까? 어째서 내가 하고 싶은 대로 하면서 사는 것이 비난받을 행태가 될까? 그 기준은 무엇인가? 어째서 어떤 경우에는 권장할 사항이고 어떤 경우에는 비난받을 일이 되는 걸까?

'하고 싶은 대로 하는 것'이 상대방을 기쁘게 할 때는 칭찬받을 일이 되고, 같은 행동이라도 상대방을 불쾌하게 만들 때는 욕먹을 짓이 되는 게 아닐까? 나를 기쁘게 하는 것은 예쁜 짓, 나를 기분 나쁘게 하는 것은 나쁜 짓. 그렇다면 그 또한 이기적인 관점에서의 판단이라고 해야 하지 않을까? 나한테 잘하면 좋은 행동이고 내가 바라는 것과 다르게 행동하면 나쁜 짓이 되니 말이다. 누구에게나 세상의 중심은 자기 자신인데. 너에게는 네가 세상의 중심이고, 나에게는 내가 세상의 중심인데. 그래서 너는 너처럼 살고, 나는 나처럼 살면 그걸로 좋은 건데……. 어째서 우리는 다른 사람에게 '그래, 넌 네가 하고 싶은 대로 살아라, 이 자식아!' 하고 쏘아붙이고 싶어지는 걸까.

세상이 내 맘같이 돌아가지 않을 때, 우리는 종종 세상의 흐름을 비난한다. 세상의 흐름이 우선이고 우리 자신이 세상의 흐름 속에 파묻혀 있음에도 그렇다. 왜냐하면 누구에게나 세상의 중심은 항상 자기 자신이니까. 그런 관점에서 본다면 누구나 예외 없이 '자신이 하고 싶은 대로 하면서 사는 삶'은 매우 권장할 만한 일이고 칭찬받을 일이다. 가만히 생각해보면 누구나 다 하나같이 다들 하고 싶은 대로들 살고 있다. 이미 그렇다. 팩트 체크. 그러니까 이것 하나만 기억하자. '넌 그냥, 네가 하고 싶은 대로 살아!'

오늘의 BGM
「그것만이 내 세상」 - 전인권

인생은 길고
행복은 짧다

행복이란 뜻밖에 가까운 곳에
그리고 사소한 것들 속에 숨어 있다.

．　．　．

모든 행복의 느낌은 순간적이다. '아, 행복하다'고 희열을 느끼는 시간의 길이는 대략 10초 안팎의 짧은 순간이라는 얘기다. 행복을 느끼는 순간의 정점에 머무르는 시간이 매우 짧다는 것. 5분이나 10분 동안 지속되는 그렇게 강렬한 행복이란 이 세상에 없다. 물론 '행복한 상태에 도달했다'는 상황은 유지할 수 있지만, 그 행복을 맛보고 음미하는 시간은 의외로 매우 짧다는 거다.

　조금만 정신을 집중해서 생각해보면 수긍할 수 있는 일이다. 행복한 느낌이란 일단 정점을 찍고 난 후로는 서서히 그 강도가 약해지다가 결국엔 소멸한다는 걸 누구나 경험을 통해 안다. '행복의 느낌'은 마치 완벽한 형태의 영롱한 비눗방울과 같다. 아름답고 황홀하지만 금세 깨진다. 안타깝지만 늘 그런 식이다.

오전에 행복한 느낌을 받았는데, 그 행복이 그날 오후까지 이어지는 경험을 해본 적이 있는가? 예를 들어, 아주 오랫동안 갈망해온 자동차를 사기로 했다고 치자. 자동차 구매를 결정하는 서류에 사인하는 순간, 작은 희열을 느낀다. 그토록 원하던 자동차가 드디어 '내 차'가 되다니! 인터넷 쇼핑을 하고 나서 택배를 기다리는 마음으로 차를 기다린다. 그리고 결국엔 기다리고 기다리던 차가 집 앞에 도착했다는 전화가 울린다. '아, 왔구나!' 두근거리는 가슴으로 내 차를 만나기 위해 신발을 신는 둥 마는 둥 뛰어나간다.

내가 원하던 그 차가 내 집 앞에 서 있다. 행복하다(2~3초). 배달을 온 직원에게서 차 열쇠를 건네받고 인수증에 사인한다. 운전석에 앉는다. 진짜 행복하다(4~5초). 의자를 뒤로 젖혀본다. '잘 넘어가는군. 좋아. 자동차의 유리창 문을 내려보자. 잘 내려가는군. 시동을 걸어볼까? 부르릉, 좋았어! 동네 한 바퀴를 달려보자. 잘 나가는군. 역시 이 차를 사길 잘했어!' 행복하다(20~30초). 빨간불이 들어온 동안 신호등 앞에 서서 잠시 차의 내부를 둘러보며 흐뭇해하고 있는데, 뒤에서 누가 빵빵거리며 클랙슨을 눌러댄다. 신호가 바뀌었으니 빨리 가라고. '뭐야? 가면 될 거 아니냐? 왜 빵빵거려?'

여전히 행복한가?

세상은 우리가 잠시라도 행복한 상태에 머물지 못하도록 늘 훼방하고 참견한다. 당신이 빨간색 포르쉐 자동차를 뽑았다고 치자, 주변에서 그런 이야기가 들려올 것이다. '포르쉐는 까만색이 최곤데……', '나는 포르쉐보다는 페라리가 더 멋져 보이더라구', '너희 혹시 람보르기니라고 들어봤냐? 그차를 타본 적이 있는데 진짜 죽이더라구' 포르쉐를 사면 다들 부러워서 침을 흘릴 줄 알았더니, 웬걸? 주변에서 이상한 헛소리를 해대는 게 아닌가? 짜증을 안 내려야 안 낼 수가 없는 상황이 펼쳐지는 것이다. 그렇다고 해서 이제 막 뽑은 차를 팔아버리고 다시 페라리를 사기엔 좀 억울하지 않은가. 람보르기니는 형편에 넘치기도 하고…….

후배에게서 전해 들은 이야기지만, 후배의 친구가 포르쉐 자동차를 샀다고 한다. 몇 년 동안이나 포르쉐 노래를 부르다가 결국엔 그토록 원하던 차를 뽑았다는 거다. 그런데 그친구가 어찌나 차를 소중하게 다루며 애정을 쏟는지 깜짝 놀랐다며 이렇게 전했다. '어느 날 그 친구 사무실엘 놀러 갔더니, 글쎄 사이드 미러를 면봉으로 닦고 있더라구요!' 솔직히 나도 포르쉐를 한번 몰아보고는 싶다. 포르쉐를 가진 사람이 부럽기도 하다. 하지만 면봉으로 사이드미러를 닦는다는 이야기에는 폭소를 터뜨릴 수밖에 없었다. 포르쉐가 그 친구를 태우고 다니는 것인가, 아니면 그 친구가 포르쉐를 이고 지고 돌아다니는 것인가.

그러고 보면 진정으로 행복해지기 위해서는 주변에 나보다 더 행복한 사람이 없어야 하는지도 모른다. 주변 사람들이 최소한 나보다 조금씩은 더 불행해야 비로소 나의 행복감이 최고조의 상태에 도달한다는 이야기다. 그렇지 않은가. 나보다 더 행복한 사람이 있다면, 내가 어찌 일등으로 행복한 사람이 되겠는가.

후배 중에는 여행지에서 '모닝 맥주'를 마실 때가 가장 행복하다는 친구가 있다. 그는 이미 오래전에 1년 동안 세계 일주를 한 이력을 갖고 있기도 하다. 새로운 여행지에 도착해 그다음 날 아침, 특별히 할 일을 정하지 않은 오전에 냉장고에서 차가운 캔맥주 하나를 꺼내어 들고 눈부신 아침 햇살을 바라보며 꼴깍꼴깍 쌉쌀한 맥주를 삼키는 기분. 그 여유로운 시간에 만끽하는 자유의 느낌. 나는 그 느낌에 공감한다. 실로 행복이 온 가슴에 차오르는 그 순간만큼은 만수르도 부럽지 않고, 그 누구도, 그 무엇도 부럽지 않다. 그것은 결코 훼손이 불가한 절대적 행복(물론 맥주를 잘못 삼켜 켁켁거리며 기침을 하지 않는다는 전제 조건 하에 말이다). 그래서 후배는 틈만 나면 여행을 떠나려고 평소에는 누구보다 열심히 일에 매달린다.

혹시라도 후배가 묘사한 모닝 맥주의 황홀함에 대해서 좀 더 자세히 알고 싶다면, 그녀가 쓴 수필집 『좋아하는 걸 좋아하는 게 취미』를 읽어보기 바란다. 행복이란 뜻밖에 가까운 곳에 그리고 사소한 것들 속에 숨어 있음을 발견하는 기쁨을 맛보게 해주는 오묘한 책이니까.

오늘의 BGM
「Happy Talk」- Claudine Longet

우리에게
내일은 없다

올지 안 올지 알 수도 없는 불확실한 시간을 위해
오늘의 나를 양보하고 미루고 나의 욕구와 감정을 참는다는 것은
얼마나 딱하고 안쓰러운 일인가.

. . .

우리가 손으로 만지고 몸으로 부딪힐 수 있는 시간은 언제나 오늘뿐이다. 어제로 되돌아가 지나간 시간을 다시 살 수도 없거니와 다가올 내일을 미리 살아볼 수도 없다. 이 분명한 사실을 모르는 사람은 없다. 갓 태어난 아기들은 모를 수도 있겠지만 매일 해가 뜨고 해가 진다는 걸 알고 있는 사람 중에는 이 사실을 모르는 사람이 없을 것이다. 그런 이유에서 영화 〈우리에게 내일은 없다〉가 만들어진 건지도 모른다.

〈우리에게 내일은 없다〉라는 제목은 가슴에 사무친다. 누가 생각한 카피인지 참 잘 뽑아낸 제목이다. 사실 〈우리에게 내일은 없다〉의 원제는 〈보니 앤드 클라이드Bonnie And Clyde〉다. 1967년에 발표되어 세상을 발칵 뒤집어놓은 영화. 보니와 클라이드라는 이름의 청춘 남녀가 우연히 만나 함께 범

죄를 저지르며 세상을 휘젓고 돌아다니는 이야기가 영화의 줄거리다. 워렌 비티와 페이 더너웨이가 주인공을 맡아 신나는 활극을 펼치는 통쾌무쌍한 영화. 요즘 보아도 전혀 지루하지 않다. 아주 오래된 영화인데도 신선한 느낌의, 이판사판 죽기 아니면 까무러치기 식의 혈기방장한 영화.

영화 이야기를 길게 늘어놓을 생각은 아니었으나 굳이 이 영화의 제목을 들먹이는 것은 저 짜릿한 영화 제목이 없었더라도 어차피 우리에겐 내일이 없다는 사실을 강조하고 싶었기 때문이다. 이 세상에 내일을 손에 쥐고 있는 사람은 아무도 없다. 내일이 누구에게나 보장된 시간이라면, 오늘 불의의 사고로 목숨을 잃은 사람들의 내일은 어떻게 설명할 것인가? 그들의 내일은 죽음이라는 결론으로 애초에 정해졌다는 말인가? 설마 그럴 리 없다.

누구에게나 공평하게 오늘이 있고, 마찬가지로 공평하게 내일은 없다. 그래서 나는 내일을 위해 오늘의 시간을 희생하고 싶지 않다. 올지 안 올지 알 수도 없는 불확실한 시간을 위해 오늘의 나를 양보하고 미루고 나의 욕구와 감정을 참는다는 것은 얼마나 딱하고 안쓰러운 일인가. 까짓것, 오늘 내가 하고 싶은 대로, 내가 원하는 대로 살아도 어차피 내일은 온다. 내일이란 본래 그런 것이다. 나와 상관없이 제멋대로 오는 것. 태양이 언제라도 한 번 우리를 위해 뜨고 우리를 위해 진 적이 있었던가. 아무리 생각해봐도 없다. 그런 적은 한 번도 없다.

태양은 늘 자신의 정해진 흐름에 따라 떠오르고 또 질 뿐이다. 게다가 실제로는 태양이 뜨거나 지는 것이 아니라, 지구가 일정한 속도로 태양의 주변을 맴도는 까닭에 생기는 현상이다. 그러니까 엄밀히 말하면 태양이 뜨거나 지는 것이 아니라 지구가 빙빙 돌아가며 태양을 마주 보았다가 태양을 등지거나 하는 것이지 않은가? 내 눈으로 직접 확인하지는 못했지만 수많은 과학자가 오랜 연구 끝에 알아낸 과학적 사실이다. 그러니 태양은 뜨는 것이 아니다.

태양이 뜨지 않으니 내일이 없는 것은 어쩌면 당연한 일이다. 태양이 뜨지 않는데 어떻게 우리에게 내일이 올 수 있겠는가? 밤이 지나면 아침이 오는 것과 마찬가지로 그것은 분명한 일이다. 우리에게 내일은 없다. 그저 지구가 하염없이 돌아갈 뿐이다.

우리는 대체로 내일에 너무 많은 것을 기대하고 의지하며 사는 경향이 있다. 올지 안 올지 알 수도 없는 내일에 어쩌자고 그토록 많은 기대와 우려를 품고 살아갈까. 어리석고 안타까운 일이다.

오늘 하루를 잘 살고 나면 내일이라는 시간은 오늘에 대한 보상으로 주어지는 보너스의 시간이라는 게 나의 생각이다. 매일매일 그렇게 생각하며 이제껏 60년 남짓한 세월을 살아왔다. 아무런 걱정도 없이 태평스럽게. 물론 나라고 해서 인생의 꽃길만을 걸어왔다고 말할 수는 없다. 누구에겐들 황홀한 꽃길만이 펼쳐질 수 있으랴! 그저 주어진 하루하루를 겸손한 자세로 그럭저럭 잘 놀아재끼며 살아왔다고 생각한다.

금수저를 입에 물고 태어난 것도 아니고 로또 일등에 당첨되었던 것도 아니다. 그저 하루하루를 재미나게 열심히 살아왔을 뿐이다. 그랬는데도 내게는 일 년에 365차례씩이나 내일이 찾아왔다. 그것도 60년이 넘도록 꾸준히 지속해서. 경이로운 일이다.

오늘 우리가 누릴 수 있는 것은 바로 지금 이 순간뿐이다. '지금 이 순간'은 어제도 없었고, 내일도 없을 특별히 정해진 찰나의 시간이기 때문이다. 왜냐하면 '어떤 순간'이란 두 번 다시 존재하지 않으니까. 그래서 지금 이 순간은 우리에게 그 무엇보다 소중하다. 설령 당신이 지금 하품하고 있을지라도 그렇다. 하품한다는 건 곧 당신이 살아있음을 의미하는 것이니까 말이다.

단언컨대 오늘을 경건하게 잘 살아야 내일이 온다. 오늘이 없는 내일은 없다.

오늘의 BGM

「Bonnie And Clyde」 - Michigan Music Works

각박한 세상 속에서 기어이 행복해지는 비결

나만의 행복을 먼저 취하다 보면
결국에는 행복 대신 불행을 선택했다는 걸
깨닫는 시기가 온다.

이 세상에 자신이 행복해지는 걸
싫어하는 사람은 아무도 없다.
그러므로 남들이 행복해져야
비로소 내가 행복해질 수 있다.
불행한 사람들에 둘러싸여 있는 내가 행복하기란,
겨울의 시베리아 벌판에서 반소매 차림으로 돌아다니거나
아프리카 열대지방에서 파카를 입고 다니는 것만큼이나
힘든 일이다.
그러니 내가 행복해지기 위해서는
주변이 먼저 행복해야 한다는 걸 잊지 말아야 한다.
혼자서만 행복한 건 그야말로
저 혼자서만 좋다고 낄낄대는 꼴이다.

그런 행복은 결코 오래가지 않는다.

그런데 또 한편으로 생각해보면,

행복하지 않은 내가

내 주변을 행복하게 만들기란 어려운 일이다.

내가 행복하지 않은데

어떻게 내 주변을 행복하게 만들 수 있겠는가.

그러니 내가 먼저 행복해져야 한다.

미칠 노릇이다.

도대체 뭘 먼저 해야 한단 소리냐.

닭이 먼저냐 달걀이 먼저냐는 화두에 버금간다.

내가 행복해야 내 주변을 행복하게 만들 수가 있고,

내 주변이 행복해야 내가 행복해진다.

그것이 내가 주변의 행복을 위해

노력해야 하는 이유가 된다.

난 행복한 게 좋고,

틈만 나면 행복을 느끼고 싶기 때문이다.

무엇이 우리를
괴롭히는가

나는 단맛과 쓴맛을 오가며
술과 장미로 가득한 가시밭길을 걷는 삶을 택할 터이니…….

· · ·

마이너스 행진을 계속하고 있는 통장 잔액. 빚을 막기 위해 다시 더 많은 빚을 져야 하는 생활의 고단함. 마치 매달 카드 대출금을 갚기 위해 살아가는 것 같다는 느낌이 드는 다람 쥐 쳇바퀴의 삶. 한 달을 살아낸 보상으로 들어온 월급이나, 어쩌다가 들어오는 목돈은 어쩌면 그다지도 순식간에 사라 져버리는지. 살아가는 일이 고달프다. 아버지는 어째서 내게 빌딩 하나쯤 남겨주지 않으신 걸까. 빌딩 한 채만 있다면 이 토록 지난한 삶을 살지는 않아도 됐을 텐데……. (그랬다면 빌딩을 담보로 빚을 얻어 엉뚱한 짓을 하다가 건물을 날려먹었을 지도 모르지만)

건물주가 됐든 금수저를 입에 물었든 어쨌거나 돈이 없어 서 허덕이며 살아야 하는 삶은 우리를 괴롭힌다. 그런데 재

있는 건 돈이 많은 사람도 언제나 돈이 부족하다는 사실이다. 인간은 현재 자신이 가진 돈보다 더 많은 돈을 원하기 때문이다. 오죽하면 '돈이 원수다'라는 말이 다 있겠는가. 돈은 누구나 좋아하고 원하는 아름답고 황홀한 것인데, 나는 어쩌다가 돈과 원수지간이 되어 살아야 하는가.

하지만 돈이 부족해서 느끼는 고통은 그다지 심각하지 않다. 꼼지락대며 삽질만 해도 최소한 어느 정도의 돈은 벌 수 있는 세상이니까, 자본주의의 노예로 살기로 작정하기만 하면 일단 목숨은 부지할 수 있으니까. 살아 있는 사람의 입에 거미줄을 치기란 어려운 법이니까…… 하고 초연한 자세로 살아가면 되는 것이다. 고통도 자꾸 겪다 보면 그렇게 힘들고 아프기만 한 것은 아니다. 고통 속에도 쾌감이 있고 즐거움이 있다. 그 고통과 쾌감을 맛보기까지 수업료가 상당히 들어간다는 게 문제긴 하지만.

돈이 부족해서 겪는 고통이야, 누구나 다 겪을 터이고 (그러니 그냥 공손히 운명이려니 하고 받아들이기로 하자) 그럼 그것 말고 또 무엇이 우리를 괴롭히는가? 독일의 시인 안톤 슈나크는 왜 이 문제에 대해서는 아무런 글을 남기지 않았을까? '우리를 괴롭히는 것들'을 글로 옮기는 것 자체가 괴로운 일이라고 생각했던 걸까? 그에게는 혹시 슬픔이 가장 고통스러웠던 걸까? 어쩌면 그럴지도 모른다.

　우리를 슬프게 하는 것들. 슈나크는 이렇게 말했다. '세상의 모든 시시콜콜한 풍경들, 지붕 위로 떨어지는 빗방울 소리나 달밤의 풍경, 그리고 개 짖는 소리' 들이 우리를 슬프게 한다고 했다. 그런 식이라면 우리의 삶 전체가 슬픔으로 뒤덮여 있다고 말해도 좋으리라. 과연 그 온갖 슬픔은 우리를 고통스럽게 한다. 슬픔은 우리의 가슴을 아프게 하기 때문이다. 흉부외과에서 치료하지 못하는 가슴의 통증.

　그렇다면 슬픔에 대해 생각해보자. 무엇이 우리를 슬프게 하는가? 사랑하는 사람과의 이별만큼 우리를 슬프고 힘들게 하는 것은 없다. 가슴이 찢어지는 듯 아프고 그냥 딱 죽고 싶어지니까. 그것만큼 우리를 울고불고 하게 하는 것은 없다. 실로 처연한 고통이다. 실연의 고통을 겪어보지 못한 사람은 그 고통이 얼마나 깊고 강렬한 것인지를 모른다. 그것은 마치 건강한 치아를 가지고 태어나서 죽을 때까지 치과에 한 번 가본 적 없이 생을 마감한 사람이 충치 치료나 임플란트 시술의 통증에 대해 알지 못하는 것과 같다. 다시는 겪고 싶지 않은, 겪어본 사람만이 아는 고통.

　돈이 떨어지면 은행에서 빌려서 쓰면 된다. 빌린 돈이 다 떨어지면 다시 더 많은 돈을 빌리면 된다. 하지만 실연을 당했을 때의 통증에는 치유 방법이 없다. 템플스테이? 심리 상담? 술? 백약이 무효하다. 그 어떤 방법으로도 실연의 고통은 치유되지 않는다. 낯선 곳으로의 여행은 약간 도움이 되기는 한다. 하지만 역시 마찬가지다. 어느 여행지를 갔든 잠을 자려고 누웠을 때 눈물이 주르르 흘러내리는 것은 마찬가지다. 꼭지가 돌도록 술을 퍼마셔도 마찬가지다. 다음 날이 되면 슬픔의 고통은 우후죽순처럼 다시 솟아오르기 시작한다. 아, 술을 마신 다음 날이니 우후죽순이 아니라 '주후죽순'이라고 해야 하나? 아무튼 그 슬픔에는 도무지 대처할 방법이 없다.

그래도 한 번쯤 시도해볼 만한 묘책이 있다. 새로운 연애! 하지만 연애가 중국집에서 짜장면 한 그릇을 시켜 먹는 일도 아니고……. 실연당한 지 사흘 만에 새로운 연애를 시작하는 사람이 있다면, 그는 필시 '연애 도착증' 환자로 분류해야 할 것이다. 어쨌든 그런 사람에게조차도 실연의 고통은 쉽사리 치유되지 않는다. 사랑이란 가슴속에 새겨지는 것이다. 때문에 사랑의 흔적은 지우개로 지워지지 않는다.

그래서 현명한 사람은 누군가를 깊이 사랑하지 않는다. 모든 것을 걸면 모든 것을 잃게 된다는 걸 알고 있기 때문이다. 모든 것을 거는 사랑은 영화 속에서의 이야기를 통해 느끼며 그것으로 대리 만족하면 된다. 1시간 30분 정도의 몰입. 그것으로 충분하다. 조금만 사랑하면 조금만 잃을 수 있다. 실연을 당하지 않는 가장 좋은 방법은 사랑에 빠지지 않는 것이다. 사랑에 빠지지 않으면, 실연도 없고 가슴 아픈 이별도 없다. 세상이 아주 편안해진다.

그러나 그것은 어쩌면 유치한 사유의 장난인지도 모른다. 슬픔과 고통을 원천봉쇄하겠다는 극단적 자기 방어의 수단. 사랑하는 사람 하나 없이 껍데기뿐인 허울 좋은 삶이다. 그토록 열심히 편안함을 추구하며 살아본들 그대에게 무엇이 남겠는가. 그래, 정 그렇게 고집을 부리겠다면 어쩔 수 없지. 그럼 당신은 죽을 때까지 평안하게 사시라. 나는 단맛과 쓴맛을 오가며 술과 장미로 가득한 가시밭길을 걷는 삶을 택할 터이니…….

오늘의 BGM
「Non, Je ne regrette rien」 - Edith Piaf

인생의 선택지는
생각보다 단순하다

사실 세상살이에 관한 판단과 선택의 문제 대부분은
조용히 눈을 감고 5분 정도만 정신을 집중해 생각하면,
그 답을 얻을 수 있다.

· · ·

며칠 전 현재 다니고 있는 회사를 그만두고 다른 회사로 이직을 고민하는 30대 초반의 친구와 대화를 나누었다. 3년이나 5년 또는 7년쯤 매일 같은 회사로 출퇴근을 하다 보면, 어느 날 문득 '퇴사하고 싶다'는 생각이 솟아오르는 걸 느끼게 된다. 그런 생각이 드는 데에는 여러 가지 복합적인 이유가 있겠으나, 일반적으로는 아래와 같은 이유 때문에 그런 생각을 하는 것 같다.

회사에서 나의 능력을 인정해주지 않는다는 생각. 같은 시기에 입사한 동기들이 나보다 먼저 승진하거나 더 중요한 일을 하는 자리로 발령이 나는 경우…… 그것만큼 심리적 압박이 강한 일도 많지 않을 것이다. 내가 속한 조직에서 나보다는 다른 동료의 가치를 더 중요하게 생각하고 있다는 걸 분명하게 말해주니까. 그럴 때 우리는 '사표를 쓰고 싶다'는 생각을 하고 이직에 대해 생각하게 된다.

또는 팀장에게 인격적인 모욕을 느낄 정도의 핀잔을 듣는다든지. 다른 회사에 다니는 친구들에 비해 나의 연봉이 터무니없게 낮은 수준으로 책정되어 있다고 느낀다든지. 회사와 집 사이의 거리가 너무 멀어서 출퇴근하는 데에 너무 많은 시간을 허비한다든지. 매일 하는 업무가 너무나도 일상의 반복이라는 생각이 들어서 업무 자체가 지겹다든지. 팀원 중에 정말 짜증 나는 타입의 동료가 있어서 그와 함께하는 시간이 힘들게 느껴진다든지. 상사의 업무 지시가 합리적이지 않은 데다가 팀원들의 노력으로 좋은 성과를 내면 그것을 자신의 성과인 양 떠들고 다닌다든지. 또는 거래처에 정말로 상종하기 싫은 상대가 있는데 앞으로도 계속 그 사람과 업무를 진행해야 한다든지……. 실로 헤아릴 수도 없을 정도로 많은 짜증 요인이 우리를 둘러싸고 있다.

이놈의 회사를 때려치우고 싶다. 멋지게 사표를 던지고 싶다. 그러나 그 생각이 솟구치는 것과 거의 동시에, '먹고 살아야 한다'는 명제 앞에 우리는 늘 숙연해지기 마련이다. 먹지 않고는 살 수가 없고, 함께 일하는 동료가 싫다고 해서 무인도에 가서 살 수도 없는 일이다. 설령 그것이 가능하다

해도 무인도에서 혼자 살아가는 삶이 뭐 그리 재미있고 행복하랴.

그래서 우리는 퇴사 결심과 동시에 이직에 대한 생각을 살금살금 하게 된다. 물론 개인 사업을 벌이는 것을 포함해서 그렇다는 말이다. 더러는 잘 다니던 회사를 때려치우고 얼마간의 퇴직금을 기꺼이 투자해 세계 여행을 떠나는 사람도 있지만, 그들은 매우 용기 있는 부류이므로 논외로 하자.

다니던 회사를 그만두고 다른 회사로 옮기는 일은 상당한 스트레스를 동반한다. 나름 몸에 익은 조직의 환경과 인간관계에서 벗어나 새로운 환경으로 들어가는 것이니까, 스트레스가 심할 수밖에 없다. 이직을 생각하는 청년이 내게 말했다. 어떻게 해야 좋을지 모르겠다고. 옮기는 게 좋을지 그대로 있는 게 좋을지…….

어떻게 해야 좋을지 모를 때는 어찌해야 하는가? 그럴 때는 그냥 전전긍긍 낑낑대며 시간을 흘려보내는 게 최고다. 그러다 보면 결국에는 시간이 해결해줄 테니까. 하지만 그런 방식이 싫다면 다음과 같은 방법을 이용해보는 것도 좋다.

둘 중의 하나를 선택해야 하는데, 도무지 어느 쪽을 선택해야 좋을지 판단이 서지 않을 때. 그럴 때는 두 가지의 경우를 나란히 놓고 주관적이면서도 동시에 객관적인 비교를 하는 것이 판단을 내리는 데 도움을 준다. 그 선택이 회사를 옮기는 일에 관한 문제라면 이런 식으로 비교해보자.

현재 다니는 회사를 A라 하고, 옮겨 갈 회사나 다른 직종의 일을 B라 하자. 머릿속으로 생각하지 말고 반드시 종이 위에 글씨를 써서 적어야 한다. A 회사의 장단점을 적는다. 장점 다섯 개와 단점 다섯 개. 숫자를 다 채우기 어렵다면, 비워둬도 괜찮다. 그리고 이번엔 B 회사의 장단점을 다섯 개씩 적는다. 장점과 단점 모두 자신이 가장 중요하게 생각하는 항목 순서대로 적는다.

A 회사의 다섯 가지 장점을 순위와 중요도에 따라 점수를 매긴다. 항목 1은 40점, 항목 2는 30점, 항목 3은 15점, 항목 4는 10점, 항목 5는 5점을 만점으로. 그러니까 A 회사의 장점 항목 1이 40점 만점 중에 몇 점을 차지하는지 평점을 매긴다. 40점 만점이라든지 또는 38점, 30점⋯⋯ 그런 식으로 A 회사의 장점 항목 1에 자신이 생각하는 점수를 주는 것이다. 항목 2, 3, 4, 5에 대해서도 마찬가지로 점수를 매긴다. 그 모든 평점을 합산했을 때 A 회사의 장점은 총 몇 점인가? 점수를 확인했다면, 이제 A 회사의 단점에 대한 평점을 같은 방법으로 확인한다.

그렇게 A 회사의 합산한 장점 점수에서 합산한 단점 점수를 빼면, 최종 점수가 얼마인가? 30점이 될 수도 있고, 마이너스 20점이나 10점이 될 수도 있다. 일단은 그것이 A 회사에 대한 당신의 점수다. 물론 그 점수가 높을수록 장점이 더 큰 회사라는 평가를 내릴 수 있다. 같은 방법으로 B 회사의 장점과 단점을 점수로 계산하고 다시 장점 점수에서 단점 점수를 뺀다. 최종 점수는 몇 점인가?

A 회사의 점수가 더 높다면, 당신에게 A 회사가 더 좋은 회사라고 할 수 있다. 만약 B 회사의 점수가 더 높다면 당신에게 B 회사가 더 좋은 회사일 것이다. 그런 경우라면 망설이지 말고 이직을 선택해도 좋지 않을까.

사실 세상살이에 관한 판단과 선택의 문제 대부분은 조용히 눈을 감고 5분 정도만 정신을 집중해 생각하면, 그 답을 얻을 수 있다. 하지만 아무리 생각하고 또 생각해도 답을 얻을 수 없을 때 위에서 설명한 방법을 사용하면 은근히 설득력 있는 답을 찾을 수 있다.

오늘의 BGM
「Eye of the tiger」 - Survivor

인생에 정답이 있을까?

어떤 사람은 인생의 답이
정해져 있다고 생각하고,
또 어떤 사람은 인생에 정해진 답이
없다고 생각한다.

어째서 사람마다 인생의 정답에 대해
이처럼 다른 생각을 하게 될까?
살아가는 일에 대한 호기심과
애정이 있는가와 없는가에서 오는
생각의 차이일까?

답이 있다고 생각하는 사람은
그 답을 찾으려 애쓰다가 가고,
답이 없다고 생각하는 사람은
답이 무엇인지 찾으려 하지 않고
빈둥대다가 간다.

결국 우리가 궁극적으로 도달하는
모범 답안은 '간다'는 것뿐이다.

이 최종 결론에 예외는 없다.
어떤 문제이든 그 답을 알고 나면
그 문제 자체에 대한 관점과 해석이
달라질 수 있다.

이제야 나는
알겠다

나는 이제야 알겠네, 내가 모른다는 것을.
내가 모른다는 것이 내가 아는 것의 전부라는 것을.

· · ·

라디오에서 흘러나오는 노래가 나를 사로잡을 때가 있다. 그러니까 예를 들면 바로 이런 노래가 그렇다. 프랑스의 국민배우라 할 수 있는 장 가뱅이 부른 노래 「맹트낭 쥬 세Maintenant Je sais」. 영어로 'Now I know', 우리말로 옮기면 '이제야 나는 알겠네'의 의미다. 장 가뱅이 60세를 넘긴 나이에 자신의 인생을 뒤돌아보며 부른 자전적인 넋두리가 담긴 노래라고 할 수 있을 것이다. 묵직하고 투박한 목소리로 부르는 노래지만 그래서 더할 수 없이 매력적인 노래. 그 노랫말을 살펴보면 대략 다음과 같은 내용을 담고 있다.

아주 어렸을 적부터 나는 세상이 어떤 것인지를 안다고 생각했지. 스무 살의 나이를 넘었을 땐 마치 세상이 내 손바닥 위에 놓여 있는 것처럼 여겨졌다네. 그리고 스물다섯쯤이 되었을 땐 아무것도 나를 가로막을 수 없었지. 사랑과 열정, 그것이 삶이든 돈이든 나는 그 모든 것에 대해 확실히 알게 되었지. 특히 사랑에 대해서는 그 시작에서부터 끝까지 모든 것을 알고 있었지. 내가 원하는 만큼 내가 갖고 싶은 만큼의 사랑을 했다네.

이제 인생의 늦가을에 들어서서 뒤돌아보니, 눈물을 흘리며 잠들었던 그 수많은 밤은 모두 잊었으나, 행복한 느낌이 가득 차올라 가슴이 터질 것만 같았던 어느 날 아침은 또렷이 기억이 난다네. 젊은 시절 내내 '난 모든 걸 알아' 하고 큰소리를 치며 살아왔지만, 답을 찾으려 하면 할수록 오히려 답으로부터 멀어지게 된다는 걸 알게 되었지.

이제 내 나이 어느덧 예순을 넘겨 창밖의 풍경을 물끄러미 내다보고 있자니…… 내가 대체 인생에 대해 안다고 말할 수 있는 게 무엇이 있나. 삶과 사랑, 돈과 친구, 그리고 열정에 대해 내가 아는 것이 무엇이란 말인가. 그것들이 지니고 있는 소리와 빛깔에 대해 결코 알 수 없다는 것을…… 나는 이제야 알겠네, 내가 모른다

는 것을. 내가 모른다는 것이 내가 아는 것의 전부라는
것을.

물론 노랫말 자체는 매우 시적인 표현으로 아름다운 리
듬을 타며 흘러가지만, 그 노랫말 속에 숨은 메시지를 의역
하면 위와 같은 내용이 담겨 있다. 그의 노래에 깊이 빠져들
어 흥얼거리며 듣다가 문득 이런 생각이 떠올랐다. 그렇다면
과연 나는 무엇을 알고 있는가?

나는 그야말로 삶에 관한 거의 모든 것을 알고 있다. 아기
가 어떤 과정을 통해 이 세상에 태어나는지. 한 인간이 자신
의 생을 마감하고 떠날 때 어떤 모습인지. 사랑에 빠지면 심
장의 박동수가 어떻게 달라지는지. 밤중에 라면을 먹고 자
면 다음 날 아침에 얼굴이 어떻게 변하는지. 친구에게 거짓
말을 하고 감쪽같이 속여먹고 나면 그다음에 어떤 일이 벌
어지는지. 남자가 아무 생각 없이 여자 목욕탕에 들어가면
어떤 봉변을 당하는지. 술에 취해 아스팔트 위에서 헤엄을
치고 나면 어떤 일들을 겪게 되는지……. 나는 너무나도 잘
알고 있다.

다시금 눈을 감고 생각해보자. 반드시 그런가? 세상은 내
가 알고 짐작하는 그대로 돌아가고 있는가? 절대 그렇지 않

다. 내가 '안다'고 생각하는 모든 것들은 내가 안다고 믿는 것일 뿐. 실제로 세상에서 벌어지는 일들은 내가 아는 것과는 꽤 다른 형태와 전혀 다른 리듬으로 흘러가는 경우가 의외로 많다.

게다가 내가 아는 것이라고 해봐야 직접 경험한 것이 전부이고, 그 경험이라는 것도 따지고 보면 매우 단편적이면서도 한쪽으로 치우친 경험이 대부분이다. 그러니 인생 전체를 놓고 보았을 때, 총체적인 것을 알고 있다기보다는 그저 그 바깥을 둘러싼 껍질의 질감을 촉감으로 느끼는 수준이라고 해야 할 것이다. 겸손을 떠는 것이 아니라 실제로 그러하다.

장 가뱅이 노랫말을 통해 말했듯이 '내가 아는 것이라곤 내가 모른다는 것뿐이다'라고 솔직하게 까놓고 이야기하기엔 좀 그렇지만……. 나 또한 인생에 대해 알고 있는 게 거의 없다. 그래서 난 아직도 삶에 대해 호기심이 있고 좀 더 살아보고 싶다는 생각이 있다. 삶에 대한 욕망이나 애착이라기보다는 캐고 또 캐도 여전히 새로운 것들이 튀어나오는 인생이라는 이름의 '다이아몬드 광산'이 신비롭고 재미있기 때문이다.

내게 남은 시간 동안에 좀 더 많은 것을 경험하고 싶다. 설령 그것이 고통스러운 경험이라 할지라도. 고통 속에도 미

세한 즐거움이 숨 쉬고 있다는 걸 알고 있으니까. 그 정도는
나도 이제 충분히 알았으니까.

오늘의 BGM
「sitting, waiting, wishing」- Jack Johnson

절대적이면서도 상대적인,
하지만 결국은 절대적인

내가 존재할 때 비로소
모든 것은 그 의미와 가치를 지닌다.

. . .

엄마

엄마는 다른 무엇으로 대체하기가 어렵다. 자식이 하는 일이라면 전폭적인 믿음을 보내고 어떤 경우에도 응원을 아끼지 않는 엄마. 물론 세상에는 허구한 날 자식을 야단치고 잡아먹으려고 하는 엄마도 더러 있기는 하다. '이 원수 같은 놈!' 소리치며 등짝을 후려치는 엄마 말이다. 그러나 엄마의 그런 행동의 밑바닥에도 사랑이 깔려 있다는 걸 우리는 안다. 나자신보다 나를 더 사랑하는 유일한 존재. 우리 엄마. 우리의 몸과 영혼을 자신의 몸과 마음에 품어주었던 이 세상 단 하나뿐인 존재.

시간

시간이란 냉정하기 짝이 없어서 우리가 원한다고 해서 잠시라도 느리게 흘러가거나 빠르게 흘러가는 법이 없다. 융통성제로. 게다가 한번 지나가 버린 시간은 무슨 수를 써도 되돌릴 수가 없다. 잔인할 정도로 냉정하다. 한 번쯤은 봐줄 수도 있으련만. 결코 속도나 방향을 바꾸는 경우가 없다. 초지일관 쉬지 않는다. 게다가 끝없이 흘러간다. 우리가 확인할 수 있는 '영원함'이 존재한다면 그건 아마도 시간일 것이다. 시시각각 팽창하며 움직이는 우주의 운행 속에서도 시간은 아무 말 없이 조용히 흘러간다. 시간은 우리의 몸이 먼지가 되고 영혼이 소멸한 후에도 여전히 흐를 것이다.

믿음

한 사람이 다른 누군가를 믿기까지 얼마나 긴 시간과 서로의 교감이 필요한가. 생전 처음 보는 사람을 만나고 나서 한 시간쯤 지난 후부터 그 사람을 신뢰하는 일이란 있을 수 없다. 상대에 대해 끝없이 확인하고 검증하고 시험한 후에야 비로소 그 사람을 손톱만큼 믿는 것이 인간관계의 기본적인 흐름이기 때문이다. 갑자기 돌변하는 사람을 믿을 수 없고 이랬다저랬다 하는 사람도 믿지 못한다. 눈빛이 흔들리거나 표정이 수시로 바뀌는 사람도 믿기 어렵다. 변명을 끝없이 늘어놓는 사람에게도 믿음이 가지 않는다. 사람에 대한 믿음이 두터워지기란 그토록 어려운 일이다. 게다가 믿음이란 하루아침에 갑자기 깨지기도 하는 것이라서 인간관계에서 믿음을 죽을 때까지 유지하기란 쉽지 않은 일이다.

사랑

사랑이 어떻게 변하니? 하지만 사랑은 변한다. 사랑은 명사기도 하지만 동사기도 해서 변한다. 그래서 사랑은 움직인다. 사랑이 명사형일 때는 붙박이로 영원불멸이지만, 동사형으로 바뀌는 날엔 움직이기 시작한다. 동사란 본래가 움직이는 것이므로. 그것은 마치 살아 있는 모든 것이 움직이는 것과 마찬가지의 이치다. 그리고 움직이는 모든 것은 변하게 마련이다. 그러므로 영원불멸의 사랑을 원한다면 사랑을 명사형으로 유지하는 것이 중요하다.

나

나 없이는 너도 없다. 생각해보라. '나'가 없는데 어떻게 '너'라는 상대적 개념이 존재할 수 있겠는가. 내가 없으면 그들도 없고 내가 없으면 세상도 없다. 내가 없는데 산해진미와

금은보화가 다 무슨 소용이랴. 내가 존재할 때 비로소 모든 것은 그 의미와 가치를 지닌다. 대자연의 범우주적 관점에서 본다면 나라는 존재 자체는 먼지 한 알갱이에 지나지 않는 미미한 존재다. 하지만 내가 존재하지 않는다면 온 우주도 말짱 꽝이요, 광활한 저 대자연도 한낱 비눗방울에 지나지 않는다. 따라서 온 세상의 삼라만상은 내 앞에서 겸손해질 필요가 있고 나를 대할 때 정중한 태도를 갖추어야 한다. 그렇게 하는 것이 쌍방 모두에게 이로운 일이라고 나는 믿는다.

오늘의 BGM

「You're the one」 - Greta van fleet

2장

안드로메다형 인간의
생존법

책임을 내려놓고
자유롭게 사는 법

그럴 수만 있다면 자신의 책임과 의무를
기꺼이 저버릴 줄 아는 인간이 되어야 한다.
그것이 단 한 번뿐인 우리의 삶을 의미 있고 뿌듯한 것으로 만드는
유일한 대안이 될 것이기 때문이다.

· · ·

주변 친구들이 나에게 내리는 일관된 평가 중 하나는 '무책임하다'는 것이다. 지난 20년 동안 문화전문지 《PAPER》를 발행해오면서 동료와 후배에게 '두령님은 너무 무책임해요!'라는 말을 많이 들었다. 무슨 일이든 이야기만 던져놓고 그 말에 책임을 지지 않는 스타일. 이렇다 할 전략 없이 '하면 된다, 안 되는 일은 하지 않는다'는 모호한 경영철학과 무모한 배짱으로 함께 일했던 친구들을 고생시킨 것은 인정한다.

하지만 내가 운영하던 시절의 《PAPER》는 꿈의 직장이었다. 근무 환경이 자유로웠고 결국에는 '재택근무'라는 극단적인 자유로움을 기자들에게 선물했기 때문이다. 출근하지 않아도 되는 직장이라니! 그것은 모든 월급쟁이가 꿈꾸는 회사다. 아침에 일어나 비몽사몽 샤워하고 만원 전철에 시달려가며 출근하지 않아도 된다는 이야기다. 그런 운영 방식이 가능했던 것은 아마도 나의 무책임한 자세 덕분이 아닐까 하고 생각한다. 그 당시의 나는 그런 생각까지 했다. '회사? 망하면 좀 어때? 망하면 새로운 회사를 차리면 되지' 그야말로 무책임한 자세였다. 하지만 아무도 굶어 죽지 않았고 강물은 그 흐름을 멈추지 않았다. 함께 일했던 모든 친구가 다들 나름대로 자기 자리를 찾아 원하는 방식의 삶을 살고 있다. 이것이야말로 무책임한 삶이 준 선물이라고 생각한다.

때로는 사회적 책임감이나 의무 따위에 너무 휘둘리며 살 필요가 없다. 자유롭게 살아야 뭔가 새로운 것들을 세상에 내보일 수 있다. 세상의 변화를 이끌고 세상을 좀 더 재미난 곳으로 만드는 일은 천하의 무책임한 날라리 건달들이 해내는 것이라는 말을 나는 믿는다.

그럴 수만 있다면 자신의 책임과 의무를 기꺼이 저버릴 줄 아는 인간이 되어야 한다. 그것이 단 한 번뿐인 우리의 삶을 의미 있고 뿌듯한 것으로 만드는 유일한 대안이 될 것이기 때문이다. 책임과 의무를 저버릴 때 우리는 비로소 자유로워질 수 있다. 하늘을 마음대로 날아다니는 새들을 보라. 저들에게는 아무런 책임과 의무가 없다. 그냥 내키는 대로 어디로든 가고 싶은 대로 날아다닐 뿐이다.

다만 우리가 이 대목에서 딱 한 가지 짚고 넘어갈 점이 있는데, 그것은 인간이 안타깝게도 사회적 동물이라는 것이다. 그런 까닭에 무인도에서 자급자족하며 살아가는 인간이 아니라면 '사회적 관계'로부터 자유로울 수는 없다. 냉정하고 싸늘한 세상에서 우리가 무책임하게 살아가기 위해서는 결국 '내가 모든 책임을 지겠다'는 자세를 갖추는 것이 필요하다. 자신이 맡은 일에 책임감을 가질 때 비로소 모든 사회적 관계로부터 자유로워질 수가 있다. 그러니까 다시 말해서, 무책임한 삶을 살아가기 위해선 '그냥 대충 웬만한 수준의 책임감을 지니고 살아가는 사람'에 비해 두 배 또는 세 배의 노력을 해야 한다는 것이다. 남들이 잠든 시간에도 부단히 '무책임한 삶'을 추구하며 노력하는 자만이 마침내 무책임해질 수 있다. 세상에 공짜로 얻을 수 있는 건 아무것도 없는 법이다. 무책임한 인간이 되기 위해서는 남다른 노력과 부단한 훈련이 필요하다.

오늘의 BGM

「Free as the wind」 - 영화 〈빠삐용〉 ost

달릴 것인가
구경할 것인가

기본적으로는 '전력투구'가 옳다고 생각하지만
내가 진정으로 원하는 삶의 형태는 '유유자적'인 것이다.

· · ·

인생의 좌우명을 가진 이들이 있다. 어떤 사람은 '착하게 살
자'가 좌우명이고, 어떤 사람은 '임전무퇴' 또 어떤 사람은
'인간사 새옹지마', '결초보은', '백의종군' 등……. 좌우명이란
어쩌면 그 사람의 인생관을 한마디로 요약해서 정리한 개념
적 문장이라 할 수 있다. 며칠 전 어느 술자리에서 한 친구가
'선생님께도 좌우명이 있나요?' 하고 물었다. '응. 내게도 좌우
명이 있었다네. 젊은 시절에……'

　내 젊은 날의 좌우명은 '전력투구'였다. '살아가면서 어떤
일을 하든 최선을 다해야 한다'고 가르쳐주신 아버지의 말씀
이 내 뼈에 깊이 새겨진 결과로, 가슴에 끌어안았던 내 인생
의 좌우명이다. 젊은 시절의 나는 그야말로 모든 일에 최선
을 다하겠다는 자세로 살았다. 고등학교를 졸업할 때까지.

그리고 대학교 초년생 시절까지 그 자세를 유지했던 것으로 기억한다.

그런데 그런 자세를 지속적으로 유지하다 보니 육신과 정신세계가 너무 피곤해진다는 걸 알았다. 생각해보라. 모든 일에 최선을 다한다면 진짜 피곤할 것이다. 밥을 먹을 때는 밥에, 공부할 때는 공부에, 연애할 때는 연애에, 무엇이든 어떤 일을 하든 자신이 하는 일에 모든 정성을 쏟아 최선을 다하는 인간. 그런 일상을 매일 유지한다는 것은 정말로 피곤한 삶이다.

사람은 몸이 피곤해지기 시작하면 꾀가 나게 마련이다. 제 몸이 힘든 걸 좋아하는 사람은 이 세상에 없으니까. 아무튼 그럭저럭 대학에 진학해 이런저런 책도 좀 들여다보고, 친구들과 어울려 노는 데 정신을 쏟다 보니, 그리고 밤늦도록 술을 퍼마시고 외박을 일삼으며 바깥으로 나돌다 보니……. 기존에 굳건히 신봉하며 지켜왔던 인생관에 슬슬 금이 가기 시작하는 걸 느꼈다. '최선을 다하는' 전력투구의 의지가 무너지고 있다는 걸 내 몸이 알아챘고 이내 몸 밖으로도 드러났다. 그러니까 한마디로 말해 자세가 흐트러지기 시작한 것이다.

내가 마지막까지 최선을 다한 일이라곤 피곤한 몸을 이불로 둘둘 감싸고 잠을 자는 일뿐이었다. 아버지는 그런 나의 모습을 매우 안쓰럽게 생각하셨고, 그럼에도 불구하고 '최선을 다해' 나를 이해하고자 애쓰셨다. 이는 아버지의 좌우명이 '솔선수범' 때문이기도 했다. 아버지는 언제나 모든 일에 최선을 다하는 자세를 몸소 보여주며 내게 솔선수범의 교훈을 가르쳐주셨다. 인생의 좌우명이란 그런 것이다. '어찌 됐든 최선을 다해 아들의 행태를 일단 지켜보자!' 이것이 아버지가 삶을 바라보는 관점이었다.

아버지의 마음속 심각한 우려를 짐짓 모르는 체하며 나태한 삶을 지속하던 나는 스스로 또 다른 좌우명을 선택하기에 이르는데…… 그것이 바로 '유유자적'이라는 네 글자였다. 세상의 번잡스러움으로부터 멀찌감치 떨어져 무심한 눈빛으로 세상사의 모든 흐름을 느긋하게 바라보는 것. 남은 평생을 그런 자세로 살아가리라 몰래몰래 마음속으로 결심했다.

그런 결심을 하고 세상살이의 모든 일을 대충대충 해치우며 건성으로 살다 보니, 그 이후로의 내 인생은 날이 갈수록 세상과 괴리감이 생기기 시작했다. 급기야 또래의 동기들에 비해 사회적으로 도태되고 있음을 확연히 감지할 수 있었다. 실로 심각한 사태였다. 그러나 유유자적이라는 말이 품은 고고하며 타협 불가한 영역의 핵심적 저력은 무엇인가? 어떤 일이 닥쳐도 '개의치 않는다'는 것이다. 눈앞에 어떤 일이 벌어져도 전혀 흔들리지 않는 의연함. 그 정도는 되어야 인생관이라거나 좌우명이라는 이름을 붙일 수가 있는 것 아니겠는가.

그리하여 그 후로도 나는 한동안 지속적으로 유유자적의 자세를 견지하며 살았다. 콧노래를 부르며, 열심히 살아가는 주위 사람들을 마음껏 비웃어가며.

그렇게 지내다가 얼렁뚱땅 대학을 졸업하고, (외모가 일단은 착실하게 보여서 그랬는지) 그럴싸한 회사에 입사해 건성으로 일하며 대충대충 유유자적 살아가던 나에게 드디어 심판의 날이 밝았다. 참다못한 아버지가 폭탄선언을 하셨다. 온갖 꼴값을 떨어가면서 사는 나를 더 이상 지켜볼 수 없으셨는지 아버지는 나에게 '집에서 나가 자립해 살라'고 명하셨다.

그날 이후로 나는 음풍농월하며 콧노래를 부르던 신선놀음에 종지부를 찍고 월세방을 알아보러 다니는 처량한 신세가 되었다. 월세를 밀리지 않고 내기 위해서는 여지없이 '솔선수범'하며 살아가야 하는 그 세기말적 우울함을 온몸으로 껴안아야만 했다. '유유자적'은 꿈속의 이야기가 되었고 세상은 나에게 무조건적인 '전력투구'를 원했다. 밤새도록 일하고 아침도 먹지 못한 채로 출근해 일을 해야 했다. 무릎이 꺾일 정도로 삽질해야 겨우 월세를 내고 밥을 먹을 수 있었다. 포장마차에서 파는 쓴 소주와 함께.

세상을 좀 살아본 이 나이에 이제 와 누군가 내게 당신의 좌우명이 무엇이냐고 묻는다면 나는 대체 무어라 대답해야 좋을까? 기본적으로는 '전력투구'가 옳다고 생각하지만 내가 진정으로 원하는 삶의 형태는 '유유자적'인 것이다. 어쩌면 나란 인간은 결코 하나로 합쳐질 수 없는 강의 이쪽과 저쪽을 넘나들며 사는 것인지도 모르겠다. 전력투구해야 할 때는 유유자적하고, 유유자적하는 게 좋을 때는 오히려 전력투구하고. 그래서 요즘의 내가 좌우명을 다시 선택하게 된다면, '갈팡질팡 오락가락'이 아주 썩 잘 어울릴 거라는 생각이 들곤 한다. 한가로울 때는 전력투구하고, 바쁠 때는 유유자적하면서.

오늘의 BGM
「별일 없이 산다」 - 장기하

나는 이기적인 내가
정말 맘에 든다

목숨이 붙은 모든 존재는 저절로 이기적인 선택을 한다.
그것은 우리의 유전자가 주도하기 때문에
조금도 나무랄 일이 아니며 매우 정상적인 행태다.

. . .

당신에게 가장 소중한 존재는 누구인가? 누군가 내게 그런 질문을 한다면, 가장 소중한 사람은 나 자신이라고 대답할 생각이다. 왜냐하면 나는 나 자신의 감정이나 육체의 기쁨과 고통에 매우 깊은 관심이 있고, 그것에 직접 관여할 수 있기 때문이다. 하지만 제 몸뚱어리의 쾌적함만을 꾀하고, 자기가 이로운 대로만 행동하면서 사는 인간을 우리는 '이기적인 인간'이라고 부른다. 사회적 관점에서 볼 때 이기적인 인간은 천하에 저급한 수준의 인간이다. 세상이란 저 혼자 살아가는 게 아니라 더불어 살아가야 하기 때문이다.

그럼에도 인간은 너나없이 누구나 이기적이다. 일찍이 생물학자 리처드 도킨슨이 자신의 저서 『이기적 유전자』에서 이야기했듯이…… 인간의 몸통은 그 자체가 '이기적인 유전자'로 구성되어 있기 때문이다. 모든 생명체는 자신이 살아남는 길을 선택하도록 프로그래밍이 되어 있는 '말랑말랑한 피부를 가진 로봇'과 마찬가지라는 생각. 자신이 죽을 것을 알면서도 목숨을 내놓고 그 길을 가는 생명체는 없다. 물론 인간세계에는 더러 순교라거나 백의종군이나 살신성인의 길을 택하는 위인이 가뭄에 콩 나듯 있긴 하다. 하지만 그런 일은 인간이 목숨 이상의 가치를 추구해 정신이 육체를 극단적으로 장악했을 때나 일어나며, 그 행위를 생물학적으로 즐기는 생명체는 없다. 왜냐하면 유전자가 원하는 방향과 반대되는 행동이기 때문이다. 성경에도 나온 가르침이 아닌가. '생육하고 번성하라'고. 그러니 제 발로 스스로 죽음을 택하는 것은 생명체의 거룩한 이기주의를 무시하고 가벼이 여기는 일이다. 살아남아야 어떻게든 다음을 도모할 수 있다. 줄기가 꺾인 나무가 어찌 꽃을 피우랴. 그런 까닭에 모든 생명체가 살아남으려고 그렇게 기를 쓰는 것이다.

목숨이 붙은 모든 존재는 저절로 이기적인 선택을 한다. 그것은 우리의 유전자가 주도하기 때문에 조금도 나무랄 일이 아니며 매우 정상적인 행태다.

그런데 약간 특이한 때도 있으니, 잘 알다시피 대다수의 부모는 자기 자식에게 눈물겨울 정도로 헌신적이다. 자식을 위해서라면 가진 모든 것을 희생하고 포기할 수 있다. 어떤 부모든 그런 자세를 갖추고 있다는 걸 이제껏 무수히 보아 왔다. (물론 그렇지 않은 매우 처절하게 이기적인 부모도 있다는 건 알지만) 그것은 실로 경이로운 일이 아닐 수 없다. 어떻게 하나의 생명체가 다른 생명체를 위해 자신이 가진 모든 것을 양보하고 헌신할 수가 있는가? 그들의 전폭적이고도 무시무시한 융단폭격식의 사랑이 하나의 생명체를 제 발로 설 수 있도록 성장시킨다. 게다가 부모의 그 지고지순한 사랑은 아이가 성장해 사춘기를 넘어선 이후까지도 계속된다. 더러는 자식이 배우자를 만나 결혼을 한 이후까지도 이어진다. 실로 끝없는 사랑이며 죽도록 끝나지 않을 사랑의 전형이다.

그런데 자신의 모든 것을 바쳐 그렇게 애지중지 키운 아이가 어디 가서 누구한테 맞고 들어오거나, 놀림을 당하고 들어오면 부모의 분노 게이지는 화산처럼 솟구쳐 폭발한다. '너는 손이 없니 발이 없니, 같이 때려!', '누가 널 놀리면 걔 팔뚝을 물어뜯어! 바보같이 가만히 있지만 말고!' 부모의 본능적 이기주의가 완전 자동 상태로 발동되는 것이다. 어째서 아이에게 그런 싸움이 벌어졌는지를 파악하는 것은 둘째 문제다. 일단 어디에서든 맞고 다니지만 말라고 아이에게 가르친다. 그런 부모는 아이가 맞고 오든 때리고 오든 무조건 아이 편에 선다. 이성적 판단 따위는 할 겨를이 없고…… 언제나 무조건 내 아이가 우선이며 우주의 중심이다.

그런데 또한 기묘한 일은, 금지옥엽으로 보살피며 온갖 정성을 다해 키운 아이도 결국에는 인간 본연의 자세로 돌아가 자신의 안위를 가장 중요하게 생각하는 이기적인 생명체의 모습을 띠게 된다는 거다. 어쩔 수 없는 일이다. 인간의 생체리듬이 본래 그러하기 때문이다. 그러니 그쯤 되면 부모도 이제는 본래의 이기적인 성향을 다시 끄집어내고 되살려서 이기적인 상태를 유지하는 것이 필요하고 또 바람직하다는 것이 내 생각이다.

이 세상에 부모가 제 자식을 사랑하듯 그렇게 전폭적으로 제 부모를 사랑하며 돌보는 자식은 없다. 그것은 마치 강물이 거꾸로 흐르는 것이 불가능한 것과 같은 이치다. 내 몸으로 낳은 자식이니까 그토록 미친 듯이 사랑할 수가 있는 거다. 부모도 자식이 성장해 제멋대로 살아보겠다고 날뛰는 시기가 되면, 서서히 이기적인 본성을 되찾는 것이 중요하다. 자신의 몸을 잘 가누며 챙겨야 자식도 부모의 말을 듣고 그 뜻을 따르게 된다. 부모가 이기적인 태도를 갖출수록 아이는 빨리 독립할 수 있다.

이기적인 삶의 노선은 언제나 옳다. 이기적으로 살아야

건강을 유지하며 떳떳하게 살 수 있다. 죽어라 헌신하며 자식을 위해 봉사하며 살아봐야 결국에 돌아오는 것은 골병이 드는 일뿐이다. 물론 내 골수를 뽑아내어 아이를 키우는 것은 의미 있고 가치 있는 일이라 하겠으나, 아이는 어느 정도 내버려두어도 잘 자란다. 부모가 날뛴다고 해서 아이가 더 훌륭하게 성장하는 것은 아니다.

아이는 세상으로 나아가 세상과 부딪히며 자신을 키워나간다. 부모의 간섭이 심할수록 아이는 여려지고 더디 자란다. 부모가 자식 앞에서 당당하게 이기적인 모습을 보여주어야 아이도 그런 부모의 모습을 보고 하루라고 빨리 정신을 차려 떳떳하게 이기적으로 살 수 있다.

자신을 가장 소중하게 여기고 자신을 사랑하는 사람은 다른 사람에게 사랑받을 자격을 얻고, 다른 사람을 사랑할 수 있는 에너지도 비축하게 된다. 나 자신이 스스로를 사랑하지도 않는 허접한 나를 누가 사랑해줄까? 사랑은 결코 저절로 오지 않는다. 사랑도 노력의 결과물이다. 끝없이 자신을 사랑한 노력으로부터 오는 준비된 선물. 그러니 기꺼이 자기 자신을 사랑하고 틈나는 대로 챙기고 돌봐야 한다.

나 자신을 기쁘게 만드는 일이 결국에는 다른 사람도 기쁘게 만드는 지름길이라는 걸 명심하자. 맨날 벌레 씹은 얼굴로 돌아다니는 사람을 도대체 누가 좋아할 수 있으랴? 그러니 벌레는 참새나 까치가 잡아먹도록 내버려두고, 자기 자신을 위하고 사랑하는 일에 모든 관심을 기울일 일이다.

오늘의 BGM
「이기적이야」 - 봄여름가을겨울

노력은 절반만 그리고 성과는 두 배로!

내 삶의 노선은 늘 한결같다.
'최소한의 노력으로 최대한의 수확을 얻자!'
풀어서 이야기하면,
노력은 조금만 하고
노력한 것에 비해 많은 것을 얻겠다는 이야기.
일종의 도둑놈 심보라고나 할까?

수확은 노력에 비례한다.
그걸 모르는 사람은 없다.
나 역시 그걸 안다.
하지만 그저 모르는 척하고 싶을 뿐이다.
꿀을 따는 노력은 하고 싶지 않지만
달콤한 꿀은 원한다.
이루어질 수 없는 것을 꿈꾼다.
벌이 이 꽃 저 꽃으로 분주히 날아다니지 않는다면
어떻게 꿀을 얻겠는가.

벌이 쉴 새 없이 땡볕 아래
붕붕 날아다니는 까닭이 무엇일까.

그렇다. 노력하지 않고 얻을 수 있는 건
아무것도 없다.
그러니 노력하고 싶지 않다면
얻으려 하지도 말아야 한다.
그래서 나는 하는 수 없이
욕망을 줄이는 방법을 연구하기 시작했다.
차라리 '갖고 싶다'는 욕망을 없애자고 생각하며,
오늘도 나는 인터넷 쇼핑몰을 기웃거린다.
기웃거리기조차 하지 않는 삶은 너무 심심하니까.

그런데 또 한편으로 생각해보면 그렇다.
그렇게 기웃거리며 돌아다닐 시간에
차라리 조금이라도 노력을 더 하면 좋으련만.
나도 안다. 하지만 나는 노력을 하는 게 귀찮다.
나는 도둑놈이다.

하지만 정말 머리에 쥐가 나는 사실은,
도둑질도 부단히 노력하지 않는다면 결코
크게 한탕을 할 수 없다는 점이다.
그게 바로 노력이 지닌 아이러니다.
아무런 노력도 없이 얻을 수 있어야
진정한 도둑질이 될 텐데 말이다.

나는 자존한다
고로 나는 존재한다

거울을 보고 '나는 내가 존경스럽다'고
말할 수 있는 나를 만드는 것.
그런 나를 확립하는 것.

• • •

최근 우리나라 이곳저곳에서 가장 많이 오르내린 단어가 '자존감'이라는 분석을 빅데이터가 내놓았다고 한다. 어느 기사에서인가 그런 글을 읽었다. 나의 기억장치는 그다지 정교하지 않기 때문에 그 글의 출처는 좀처럼 기억나지 않는다. 하지만 읽은 것은 분명한 사실이다. (어쩌면 그런 글을 읽었다고 착각하는 건지도 모르겠다. 나는 내 기억장치들에 대해서 전폭적인 믿음을 가질 수가 없다)

'빅데이터'란 무엇인가? 세상에 떠돌아다니는 모든 정보와 데이터를 슈퍼컴퓨터에 차곡차곡 우르르 쌓은 데이터를 말한다. 슈퍼컴퓨터는 우리 삶의 먼지 부스러기 하나까지 고스란히 흡입하고 저장하고 분류해 분석 결과를 내어놓는다. 실로 무시무시한 일이다. 빅데이터 속에는 내가 언제 어느 쇼핑몰에서 무엇을 구매했는지, 지하철을 타고 어느 역에서 어느 역으로 이동했는지, 어느 지역에서 어떤 사람과 몇 분간 통화했는지, 저녁 식사는 어떤 식당에서 얼마짜리 음식을 먹었는지, 잠들기 전에는 어떤 사이트에 접속해 어떤 분야의 콘텐츠를 얼마 동안 들여다봤는지…… 그 모든 기록이 슈퍼컴퓨터에 순간마다 끊임없이 저장되는 것이다.

곰곰이 생각해보면 끔찍하기도 하고 간담이 서늘한 일이다. 슈퍼컴퓨터가 내 귀에 대고 '나는 오늘 네가 한 일을 알고 있다'고 나지막한 목소리로 말하는 느낌이라고 할까?

슈퍼컴퓨터는 문명 사회에 사는 모든 인간에 관한 데이터를 수집한다. 그리고 이런 슈퍼컴퓨터가 분석한 자료에 의하면 작년을 포함해 최근까지 우리가 가장 자주 입 밖으로 내뱉거나 텍스트로 입력한 단어가 바로 '자존감'이라고 했다. 그도 그럴 것이 우리는 이미 상당히 많은 부분에서 자존감을 컴퓨터에 빼앗긴 상태다. 인공지능 바둑 프로그램 알파고와 프로 바둑 기사 이세돌의 승부에서 누가 이겼는가? 4승 1패로 컴퓨터가 이겼다. 그래도 다섯 번의 대국에서 한 차례는 이세돌 9단이 이겼으니 나름의 자존감은 챙길 수 있었다. 20퍼센트의 자존감.

어디에 가도 함부로 자존감을 내세우기 어려운 세상이다.

배를 곯는 시대에는 먹거리를 이야기하고, 영원불멸의 사랑이 무너진 시대에는 눈물을 흘리며 순애보를 이야기하고, 정치가 혼탁한 시대에는 바른 정치를 이야기하게 마련이다. 그런데 이 시대를 살아가는 사람들이 가장 자주 입에 올리는 단어가 자존감이라면 그것은 무엇을 의미하는가? 아마도 자존감을 찾기 어려운 시대가 되었다는 것을 의미하리라.

자, 그렇다면 이제 우리는 어떻게 자존감을 되찾을 것인가. 어디 가서 자존감을 습득해 찬란하게 빛나는 자존감을 누릴 것인가. 실로 어렵고 곤란한 문제가 아닐 수 없다. 그냥 이렇게 아무렇게나 살다가 죽어도 좋다고 한다면야, 쓸데없이 자존감 따위를 찾으러 다닐 필요도 없고, 억지로 찾아다가 부둥켜안고 애지중지 모시느라 애쓸 필요가 없을지도 모른다. 소중한 모든 것은 늘 우리를 힘들게 하곤 하니까 말이다.

빅데이터는 자존감과 연결된 키워드도 함께 공개했다. 여기서 눈에 띄는 세 가지 단어가 '상처, 남들, 이해'다. 자존감은 '상처'를 받아 무너지기가 쉽고, 그 상처를 주는 것이 나를 둘러싼 '다른 사람들'이고, 그래서 결국은 나를 진정으로 '이해'해줄 누군가를 찾고 원한다는 해석을 덧붙일 수 있다. 나 혼자의 힘으로 자존감을 쌓기 어려운 세상이라서 누군가 나를 이해하는 사람을 통해 자존감을 회복하려는 욕구가 우리 모두에게 간절하다는 이야기인 셈이다.

한 개인이 자력으로 자존감을 확보하기 위해서는 어떻게 해야 할까. 빅데이터가 분석한 자료 속에 이미 그 해답이 있다. 세 가지의 중요한 요소. 상처, 남들, 그리고 이해. 그러니 쉽게 상처받지 않도록 조금쯤 무뎌지거나 강건해지는 게 좋겠고, 남들의 시선에 신경을 쓰지 않는 배짱을 키우는 게 필요할 것이다. 그리고 다른 사람들이 나를 쉽게 이해할 수 있도록 돕는 노력도 병행해야 한다고 본다.

내 생각을 묻는다면 이렇게 말하겠다. 자존감을 높이고 싶다면, 자기 자신을 스스로 존경할 수 있는 존재로 만들라고. 거울을 보고 '나는 내가 존경스럽다'고 말할 수 있는 나를 만드는 것. 그런 나를 확립하는 것. 그런 상태의 자신이 된다면, 당신에게서 빛이 나기 시작할 것이고, 다른 사람 그 누구도 당신을 함부로 대하지 못할 것이다. 그렇게 된다면, 그것은 이미 자존감이 충분히 쌓인 상태임을 의미한다.

그런데 정말 중요한 점은, 어떻게 하면 스스로 자신을 존경하는 경지의 '나'로 끌어올리는가 하는 문제인데⋯⋯. 그 대답은 오직 당신만이 알뿐 다른 사람은 알 수 없다. 결국 당신 스스로가 그 답을 찾아야만 한다. 어떻게든 그 방법을 찾아낼 수만 있다면 자존감을 갖는 일은 식은 죽 먹기나 마찬가지다.

우리보다 앞서서 살다가 간 데카르트는 '나는 생각한다. 고로 나는 존재한다'고 당당하게 이야기한 바 있다. 그런데 이제는 시대가 바뀌었다. 데카르트가 왕성하게 생각하며 활동했던 17세기가 아니다. 우리는 그 후로 400년 정도의 세월이 흐른 세상에 살고 있다. 요즘 세상은 그저 단순히 '생각하는' 것만으로는 존재하기가 조금 어려워졌다. 우리는 자존해야 한다. 자존해야 비로소 존재할 수 있는 시대가 된 것이다. 우리는 자존한다. 고로 우리는 존재한다. 우리는 이제 너나없이 빛나는 존재가 될 것이다. 그래야만 우리가 존재할 수 있을 터이므로.

오늘의 BGM
「You are my shining star」 - The West End Blues Band

짜장면이냐 짬뽕이냐
그것이 문제로다

어떤 선택이든 시원스레 결정하는 사람은
삶의 행로에서도 늘 '단순하고 명쾌하게' 자신의 길을
선택하며 살아갈 수 있다는 걸 나는 안다.

· · ·

살면서 우리가 많이 듣는 질문 중 하나는 아마도 '짜장면 먹을래, 짬뽕 먹을래?'일 것이다. 매우 단순명료한 질문인데도 그 질문에 명쾌한 대답을 하기란 그리 쉬운 일이 아니다. 짜장면을 먹자니 얼큰한 국물이 땡기고, 짬뽕을 먹자니 달달한 게 먹고 싶다. 그러니 진퇴양난. 그래서 그 질문을 받을 때마다 속수무책으로 난처해진다.

살아가는 일은 늘 선택의 연속이다. '짜장면이냐 짬뽕이냐'의 문제도 그렇지만 '지금 일어날 것인가 10분 후에 일어날 것인가?', '버스를 탈 것인가 지하철을 탈 것인가?'의 문제도 그렇고, '이 지리한 연애를 끝낼 것인가, 아니면 지속할 것인가?'의 문제도 그렇다. '짜장면이냐 짬뽕이냐'처럼 가벼운 선택의 문제에서는 어느 쪽을 선택하든 뭐 그다지 큰 차이가 없다. 하지만 연애나 결혼, 회사를 때려 칠지 말지 같은 문제와 마주치면 실로 심각한 고민에 빠지게 된다.

아무리 심각하고 중요한 문제라도 언제나 선택이란 '이쪽을 택할 것인가, 저쪽을 택할 것인가?'처럼 어떻게 보면 매우 단순한 문제다. 하지만 그 선택을 '지금 당장' 잠시도 지체하지 말고 내려야 한다면 우리는 당황하게 된다. 어떻게 해야 하나? 아, 미치겠네!

그래서 이야기는 다시 원점으로 돌아간다. 무엇을 선택할 것인가? 언제 어디서, 누구와 있더라도 자신의 선택을 분명하게 말하는 훈련이 필요하다. 우리가 하는 모든 선택이 한데 어우러져 결국엔 우리의 운명을 결정짓기 때문이다. 망설일수록 시간에 쫓겨 판단력이 흐려지면서 '초읽기'에 몰린다.

그래서 우리에겐 '선택 훈련'이 필요하다. 평소에 아주 사소한 일부터 명쾌하게 선택할 줄 아는 습성을 몸에 지니는 것이 좋다는 이야기다. 어떤 선택이든 시원스레 결정하는 사람은 삶의 행로에서도 늘 단순하고 명쾌하게 자신의 길을 선택하며 살 수 있다. 작은 일에서부터 '선택 훈련'을 해온 사람들은 인생사의 중요한 일을 결정할 때도 흔들림 없이 자신이 원하는 바를 명쾌하게 선택할 수 있다.

그저 쉽게 생각하고 단순하게 선택하다 보면 내 인생의 행로가 저절로 열린다고 믿는다. 잘못된 선택을 자주 해본 사람들일수록 올바른 선택을 할 확률이 높아진다. 이번에 망해보면 다음번에는 똑같은 방식으로는 망하지 않을 테니까.

사회생활 초년병 시절, 나는 어딜 가나 '짜장면 먹을래, 짬뽕 먹을래?'라는 질문을 자주 받았다. 대부분의 자리에서 선택지라는 것이 '짜장면 또는 짬뽕 중 하나로 통일!'이었던 시절. 하지만 그럴 때마다 나는 '군만두'라고 대답했다. 그래서 늘 눈총을 받았고, 결국 내 별명은 '군만두'가 되었다.

나는 항상 나의 선택에 믿음이 있다. 이 믿음은 여러 차례의 '폭망 경험'을 통해 당당하게 갖게 되었다. 그래서 요즘에는 취향을 조금 업그레이드시켰다. 어쩌다가 후배들이 점심식사를 대접하며 '짜장면 드실래요? 짬뽕 드실래요?'하고 물어오면 나는 기꺼이 '탕수육'이라고 대답한다. 후배의 눈빛이 잠깐 흔들리기는 하지만, 뭐 그래도 괜찮다. 나는 그런 식으로 살다가 죽을란다. 그 또한 내 선택이니까. 하하하.

오늘의 BGM
「Don't think twice it's all right」 - Bob Dylan

솔직하면 솔직할수록
솔직해진다

주변에 자신의 생각을 솔직하게 말하는 친구들이 늘어날수록
나도 내 생각을 속 시원하게 드러낼 수 있다는 걸 알았다.

• • •

솔직히 말해서, 나는 자신의 의견을 솔직하게 말하는 사람이 무섭다. 내게는 태생적으로 또 후천적인 학습의 영향으로, 늘 말을 가려서 하는 버릇이 있다. 어린 시절부터 아버지는 '늘 상대방의 입장이 되어 생각하라'고 가르쳐주셨다. 언제나 상대방의 편에서 생각한 뒤에 말하는 자세를 갖추라는 이야기를 귀에 못이 박이도록 들으며 자랐다. 꾸준히 지속된 아버지의 가르침이, 그 사고방식이 결국엔 내 머릿속에 새겨지고야 말았다. 그래서 나는 상대방에게 어떤 이야기를 건넬 때 지나칠 정도로 그 사람의 입장과 상황을 배려하려고 애쓰는 편이다. 그런 이유 때문인지 내가 정말로 하고 싶은 이야기를 상대방에게 정확하게 전하지 못하는 때가 종종 있다. 어쩌면 대부분의 대화가 그런 식인 것으로 보이기도 한다.

그리하여 내가 전하고자 했던 메시지가 상대방에게 아예 전달되지 않거나 이상한 방향으로 왜곡되는 경우가 많았다. 말을 빙빙 돌려서 하니까 당최 무슨 소리를 하는 건지 상대방이 제대로 알아듣지 못하는 경우도 잦았다.

누가 나에게 '배고파?' 하고 물으면, '글쎄, 오늘 아침을 늦게 먹었는데, 아직은 소화가 안 된 것 같기도 하고…… 조금은 허기가 느껴지기도 하네. 근데 넌 뭘 먹고 싶은데?' 하고 되묻는 것이 나의 오랜 습성이다. '배가 고프다'거나 '배가 고프지 않다'는 명쾌한 대답이 아니라 출구를 열어두는 대답을 하는 것이다. 질문을 받았으면서 오히려 '뭐가 먹고 싶은데?' 하고 상대방에게 질문을 되돌려 건넨다. 상대방이 내가 좋아하는 음식을 먹고 싶다고 대답하면, 나도 배가 고프니 지금 먹으러 가자고 호응하고…… 내가 별로 좋아하지 않는 음식을 제안하면, 나는 아직 배가 고프지 않아서 지금은 먹으러 가고 싶지 않다는 식으로 거절하는 것이다. 늘 곧장 솔직히 대답하지 않고 선택의 여지를 두곤 한다.

주변에 자신의 의사를 솔직하게 표현하는 부류와 자신의 의사를 솔직하게 표현하지 않는 부류의 친구가 있다. 나는 솔직하게 자신의 의사를 밝히는 타입을 좋아한다. 속으로 무슨 생각을 하는지 알 수 없는 얼굴로 자신의 의견이나 속

마음을 이야기하지 않는 친구는 불편하다. 지금 내 눈앞에 있음에도 마치 내 앞에 없는 존재처럼 느껴진다. 짜장면을 먹을 것인지, 짬뽕을 먹을 것인지 대답하지를 않는다. '그럼, 볶음밥을 먹을래?' 물으면 그때는 '아무거나'라는 답이 돌아온다. 도무지 그 의중을 알 수 없다.

그렇지만 자기 생각과 느낌을 그때마다 솔직하게 이야기하는 친구는 후련하다. 그들은 '오늘은 중국집 말고 김치찌개를 먹으러 가자'든지, 또는 '스파게티를 먹으러 가자'든지 자신의 의사를 분명하게 말한다. 그러니 일행 중에 그 제안에 찬성하는 숫자가 많으면 그날은 그 메뉴를 택하면 된다. 유난히 기를 쓰며 반대하는 사람이 없는 한 그런 식으로 흐름이 정해지게 마련이다.

솔직하게 자기 의사를 내비치는 사람은 뱃속이 시원해서 좋다. 호불호가 분명하므로 내 쪽에서 대응하기에도 간단하고 개운한 편이다. 나는 다른 사람에게 솔직하게 반응하지 않으면서 다른 사람은 내게 솔직하게 반응하기를 원한다. 이것은 또 무슨 도둑놈 심보란 말인가. 자신의 생각은 솔직하게 까놓고 말하지 않으면서 남들에게는 솔직하게 반응하기를 원하다니. 이 무슨 이율배반의 쌍곡선이란 말인가.

사회생활을 하다 보면 나를 솔직하게 대하는 사람을 만

나기가 그렇게 쉬운 일이 아니다. 친구 사이나 부부 사이에도 자신의 솔직한 감정을 있는 그대로 드러내고 이야기하기란 쉽지 않다. 솔직하게 자신의 의사를 표현하면 두 사람 사이에 문제가 생길 확률이 높기 때문인 것 같다. 그래서 대충 이렇게 두루뭉수리 저렇게 두루뭉수리 상대방을 대하는 경우가 대부분인데 태생적으로 솔직하게 반응해야 속이 시원한 부류는 거침없이 자기 의견을 드러낸다. 얼마나 후련할까? 감출 것 없이 모두 드러내 보이니까. 히든카드라곤 한 장도 남겨두지 않고 있는 그대로 자신의 생각과 느낌을 펼쳐 보이는 것이다. 그런 사람을 만나면 내 속이 다 시원해지는 것 같은 기분이 들기까지 한다.

그런 사람과의 관계에서는 나도 가능한 한 솔직하게 속마음을 드러내려고 노력한다. 그러나 '태생적으로 솔직한 것'과 '솔직해지려고 노력하는 것' 사이에는 근본적인 차이가 있다. 태생적으로 솔직한 것은 '진짜 솔직함'이고, 솔직해지려고 노력하는 것은 '솔직한 시늉'을 하는 것이기 때문에 그 둘 사이에는 어떤 틈새가 존재할 수밖에 없다.

예전에는 상대의 처지를 생각하며 외교적인 화법을 이용하는 것이 좋은 대화법이라고 생각했다. 그리고 요즘도 나는 그 대화법으로 다른 사람과 이야기를 나누곤 한다. 하지만 시간이 지날수록 '그냥 있는 그대로 느끼는 대로 솔직하게 말하는 게 최고'라는 생각이 든다. 어떤 경우에든 솔직하게 말하고 나면 그렇게 개운할 수가 없다. 하지만 나는 아직도 내 생각을 솔직하게 까놓고 이야기했을 때 발생할지도 모르는 소모적 논쟁과 문제에 대해 걱정을 많이 하는 편이라서 솔직하게 마음을 털어놓는 게 불편하다. 솔직히 말해서 솔직해지기가 어렵고 불편하다는 이야기다.

주변에 자신의 생각을 솔직하게 말하는 친구들이 늘어날수록 나도 내 생각을 속 시원하게 드러낼 수 있다는 걸 알았다. 그래서 나는 요즘 솔직하게 말하는 친구들과 가까이 지내려고 노력한다. 그리하여 정말 솔직하게 사람을 대했을 때 오는 쾌감과 즐거움을 배워나가고 있다.

오늘의 BGM
「Honesty」 - Billy Joel

내게
거짓말을 해봐

거짓말 중에서도 용서받을 수 있는 거짓말이 있다.
평화를 위한 거짓말을 했을 때
그 거짓말은 용서받을 수 있다.

．．．

배우 공효진이 어떤 광고에선가 이런 말을 했다. '머리 검은 짐승은 믿는 게 아니랬어요' 나는 이제껏 살면서 얼마나 많은 사람을 속이고 은혜와 혜택을 받았으면서도 그것을 제대로 갚지 않았을까? 부지기수다. 맑은 정신으로는 이루 다 헤아릴 수 없을 정도로 많다.

단언컨대 내가 가장 많이 속였던 것은 나의 가족이다. 돌이켜보면 정말 많은 거짓말을 하며 살았다. 눈만 뜨면 아버지에게 거짓말했고, 밥 먹듯이 어머니를 속여먹었다. 그런 식으로 살았으면서도 어떻게 세상 속에서 버젓이 사회생활을 하며 오늘날까지 살아남았는지 모르겠다. 나 말고 다른 사람도 모두 거짓말의 달인이라서 그 속에서 서로 뒤엉켜 거짓말처럼 살아남은 걸까? 그런 거라면 또 어느 정도는 이해할 수 있지만…….

부모를 속여먹는 인간이 누군들 속여먹지 못할쏘냐. 하지만 거짓말은 언젠가는 들통나게 마련이므로 크게 걱정할 일은 아니다. 거짓말이 들통났을 때 그 대가를 치르면 되는 거니까.

하지만 동화 속 이야기에서 '늑대가 나타났다'고 거짓말한 양치기 소년처럼 거짓말쟁이로 낙인이 찍히면, 그때부터는 세상살이가 쓸쓸하고 피곤해진다. 상상해보라. 아무도 내 말을 믿어주지 않는 세상을. 나는 분명히 콩으로 메주를 빚었는데 아무도 믿어주지 않으면 얼마나 가슴이 답답하고 복장이 터지겠는가. 나로서는 분명히 '밑지고 파는 것'인데 '에이, 그래도 뭔가 남는 게 있겠지!' 한다면 얼마나 억울할 것인가.

요즘은 좀 달라졌는지 모르겠으나, 예전에는 정직한 사람이 출세하기 어려웠다. 거짓말을 능숙하게 아주 그럴싸하게 잘하는 사람이 정직하고 성실한 사람에 비해 많은 이득을 차지하는 세상임을 종종 확인할 수 있었다. 일반 대중이야 정직하고 성실한 사람의 삶을 칭송하겠지만, 정작 영양가 높은 노른자는 허풍쟁이 모사꾼이 차지하는 경우가 많았다. 머리가 좋아서 거짓말을 잘하는 걸 어쩌겠는가. 실제로 머리 회전이 빠르지 않은 사람은 거짓말을 잘 해내지 못한다. 거짓말을 순조롭게 구사하기 위해서는 자신이 어제 했던 거짓말이 무엇인지를 잘 기억해야 한다. 그런데 어제 한 거짓말과 오늘 한 거짓말이 서로 매끄럽게 연결되지 않는다면 내가 어제 한 말이 거짓말이거나 또는 오늘 한 말이 거짓말이라는 것이 탄로 나고야 만다. 물론 어제 한 말도 거짓말이고 오늘 한 말도 거짓말이기 때문에 결국엔 들통나는 것이지만.

거짓말은 우리가 사는 세상을 뒤엉키게 하고, 우리의 의식을 혼탁하게 만든다. 누가 오른쪽으로 가라고 하면 왠지 왼쪽으로 가야 할 것만 같고, 왼쪽으로 가라고 하면 오른쪽으로 가야 할 것만 같은. 우리의 판단력을 흐리는 무수한 거짓말. 하지만 아이러니하게도 세상을 돌아가게 하는 것 또한 거짓말이다. 거짓말이 존재하지 않는 세상을 상상해보라. 온갖 사기꾼과 협잡꾼이 없는 세상을 상상해보라. 모두가 모두를 믿을 수 있는 세상. 아무도 사기 치지 않고 아무도 뒷말하지 않는 세상. 그런 세상은 얼마나 하릴없고 심심하겠는가? 아무도 서로 경계하지 않는 세상. 그런 세상은 또 얼마나 재미없겠는가. 물론 살아가는 재미를 위해 거짓말을 권장하자는 얘기는 아니다. 때때로 적당한 거짓말이 필요하다는 이야기다. 다른 사람에게 큰 피해를 주지 않는 '순수한 거짓말'은 세상을 돌아가게 하는 윤활유의 역할을 하는 것이라고 말하고 싶다.

미국의 정계와 재계를 주름잡는 유대인들이 즐겨 본다는, 지혜의 말씀이 가득 담긴 어록 모음집 『탈무드』에 이런 이야기가 나온다. '모든 거짓말 중에 용서받을 수 있는 거짓말이 있다. 그것이 평화를 위한 거짓말일 때 그 거짓말은 용서받을 수 있다.' 젊은 시절에 나는 그 말을 듣고 크게 감명받았고 깊은 깨달음을 얻었다. 그래서 나는 거짓말할 때마다 가슴에 손을 얹고 생각하곤 한다. '내가 지금 하는 이 거짓말이 평화를 위한 거짓말인가, 아닌가?' 그 대답이 '평화를 위한 거짓말'이라는 판단이 들 때 나는 완벽히 떳떳하고 의연하게 거짓말을 하곤 한다. 하늘을 두고 맹세하건대, 이제껏 살아오면서 했던 모든 거짓말 중에 평화를 위한 거짓말이 아니었던 적은 단 한 번도 없었다. 이 말만큼은 절대로 거짓말이 아니다. 그것만 믿어달라.

오늘의 BGM
「Trust me」 - The Fray

모든 가능성은 I can do it에 있다

어떤 일이 가능한지 불가능한지에 대한 결론은
그 사람이 그 일을 대하는 생각의 자세에 따라
이미 정해진다.
마음속에서 '이 일은 아무래도 불가능하다'고
생각하는 일이 이루어지기란 어려운 법이다.

'나는 이 일을 해낼 수 있다'고
생각하는 사람만이 실제로 그 일을 해낸다.
'해낼 수 없다'고 스스로 이미 결정한 일을
어떻게 해낼 수가 있겠는가.
모든 가능성은
'I can do it 인가, I can't do it 인가'
그 생각의 자세에 따라 결정이 난다.

원칙을 지키겠다는
룰

한 사람이 어떤 룰을 가지고 사는지를 보면
그 사람의 됨됨이나 성향을 알 수 있다.

· · ·

당신에게는 어떤 룰이 있는가? 스스로 지키는 원칙 말이다. 오전 7시 이전에 잠자리에서 일어나겠다, 30분 이상 아침 운동을 하겠다, 하루에 세 차례 정해진 시각에 식사하겠다, 가능한 한 버스나 전철을 이용하겠다, 밤 10시 이후에는 라면을 먹지 않겠다……. 이런저런 룰. 재활용품 분리배출을 제대로 하겠다, 음주운전을 하지 않겠다, 노상방뇨나 무단횡단 등 공공질서를 어지럽히는 행위를 하지 않겠다, 폭력을 사용하지 않겠다, 사랑하는 사람을 두고 외도하지 않겠다, 양심에 찔리는 일을 하지 않겠다……. 참으로 많은 룰이 있다.

최근에 내가 만났던 30대 초반의 청년에게 이런 말을 들었다. 그는 현재 여자 친구와 함께 살고 있는데, 각자 일과를 보내고 집으로 돌아오면 그때부터 30분에서 한 시간 남짓

그날 하루 자신에게 있었던 일을 주제로 대화를 나눈다고
했다. 그러니까 바깥에 나가서 어떤 일들이 있었는지에 대해
세세하게 이야기한다는 것이다. '바깥에서 일어난 일을 집안
까지 가지고 들어가지 않는다'는 나름의 원칙 비슷한 것을
지키며 살아왔던 내게는 상당히 신선한 이야기였다.

대학교 시절에 친하게 지냈던 여자 친구를 만나 커피를
마시거나 저녁 식사를 함께한 이야기까지도 모두 솔직하게
털어놓느냐는 질문에 그는 '그렇다'고 대답했다. 그래서 웬만
하면 설명이 복잡해지거나 오해를 불러일으킬 수 있는 상황
을 잘 만들지 않는다는 이야기를 덧붙였다. 참 개운하고 깔
끔한 생활 방식이다. 다른 친구에게 전해 들은 바로는 그 청
년에게 '자유연애주의자'의 성향이 있다고 했는데, 실생활에
도움이 되는 룰을 가지고 있다는 점에 감탄하며 칭찬한 기
억이 난다.

동거 생활에 관한 이야기가 나와서 하는 이야기인데, 요
즘은 젊은 남녀의 혼전 동거가 아무런 문제가 되지 않고 거
리낄 것도 없다는 걸 누구나 알고 있다. 마음만 맞으면 누구
와도 같은 집에서 밥을 지어 먹으며 함께 살 수 있는 시대다.
이제는 아무도 '혼전 순결'에 대한 이야기를 꺼내지 않는다.
지금은 500년 왕조의 조선 시대가 아니기 때문이고, 우리의

주변국을 비롯한 세계의 여러 나라에서 어떤 일들이 벌어지고 있는지를 모두가 알기 때문에 가능한 일이다. 세계 각국의 인종이 어떤 방식으로 살아가는지 속속들이 다 알았기에 우리도 함께 보조를 맞춰나가는 것이리라. 나는 그것이 가치관의 변화와 자유로운 삶의 태도 그리고 청년들의 배낭여행과 인터넷의 발달 같은 문화의 발전 덕분이라고 생각한다.

두 사람이 만나 함께 살아가는 데에는 어떤 룰, 그러니까 원칙적으로 지켜야 할 일들이 생기게 마련이다. 내가 원하는 것과 네가 원하는 것이 서로 다르기 때문에 적정한 선에서 타협점을 찾고 그것을 '우리만의 룰'로 정해야 한다. 크게는 한 국가가 공명정대하게 지키려고 애쓰는 법률도 그런 룰의 확장된 형태다. 그러니 사람 사이에 어떤 문제가 생기면 '법대로 하자'며 서로 배를 내미는 것이다.

한 사람이 어떤 룰을 가지고 사는지를 보면 그 사람의 됨됨이나 성향을 알 수 있다. 물론 룰이라는 게 때에 따라 이리저리 바뀌고 다르게 적용되기도 하지만 그 사람이 지키는 룰을 보면 그 삶의 지향점까지도 알 수 있으니까 말이다.

내가 요즘 꾸준히 지키는 룰 중의 하나는 하루에 4시간 이상씩 매일매일 원목을 자르거나 깎거나 다듬는 작업을 하는 것이다. 그러니까 특이하거나 예쁜 나무를 구해 그것을 다듬어서 실생활에 요긴하게 쓰이는 생활용품을 만들곤 한다. 필통이라든지, 우드 스피커, 원목을 버팀목으로 사용하는 조명, 플레이팅 원목 도마나 차를 마시기에 좋은 티 테이블 등을 만들기도 한다. 하루에 4시간씩 꼬박 10년쯤 계속하다 보면 나무를 이용해 뭔가를 만드는 데에는 달인이 되지 않겠는가 하는 생각으로 시작한 작업이다. 우선은 나뭇결이 아름다운 나무를 찾아내는 것과 그것을 다듬는 것 자체가 즐겁고 만들어낸 결과물을 다른 사람이 기쁘게 사용할 수 있기에 또한 즐겁다. 나도 즐겁고 그들에게도 즐거움을 주는 작업. 그 작업을 쉬지 않고 하겠다는 것이 나름의 원칙이다.

건강을 위해 가능한 한 음주는 알맞은 수준으로 한다는 것도 머릿속에 기록되어 있는 원칙이기는 하다. 그러니까 일종의 성문법이라고나 할까? 활자화된 룰이지만, 실생활에서는 제대로 잘 지켜지지 않는 룰이긴 하지만.

자, 이제 당신 차례. 당신은 어떤 룰을 지키며 살고 있는가? 대체로 룰이라는 것을 보면, '무엇 무엇을 하지 않는다'는 내용이 많은데……. 절대로 무엇 무엇을 하지 않는다. 그런 룰 말고, '이것만큼은 매일매일 꾸준히 해나간다'는 그런 원칙이나 룰이 있다면 그것은 무엇인가? 그 사람이 지키는 원칙이 그 사람을 만든다고 생각한다. 때문에 당신이 가지고 있는 원칙이 무엇인지 나는 궁금하다.

오늘의 BGM
「Why don't we do it in the road?」 - The Beatles

내가 10년만
젊었어도……

과거의 시점에 붙들린 사람은 앞으로 나아갈 수 없다.
어제는 우리가 다시 살아볼 수 없는 시간이다.

. . .

나이 마흔 살쯤을 넘기면 가끔 그런 생각이 든다. '내가 10년만 젊었어도……' 시간을 10년 전으로 되돌릴 수만 있다면, 현재 자신의 모습보다 좀 더 멋진 삶을 살 수 있다는 안타까움이 깃든 생각이다. 쉰 살을 넘긴 사람도 그런 생각을 하고, 예순 살을 넘긴 사람도 밥 먹듯이 그런 말을 한다.

이제 마흔 살이 된 사람은 쉰 살이 된 사람이 그토록 원하던 '10년 전의 그 시간'을 누리는 셈이다. 그건 쉰 살이 된 사람도 마찬가지다. 쉰 살이라는 나이는 환갑을 넘긴 노인이 되돌아가고 싶은 바로 그 '10년 전의 시간'이다.

내가 10년 전의 시간으로 되돌아가 지난 삶의 시간을 다시 살아볼 수 있다면, 예전의 나와는 다른 모습으로 조금은 다른 10년의 세월을 살게 될까? 10년 전으로 되돌아가 다시 산다 한들 이제껏 살아온 모습과 크게 다르지 않을 것이다. 내가 원하며 지향하는 바가 다르지 않을 텐데 무엇이 그렇게 달라질 수 있으랴. 아예 처음으로 되돌아가 갓난아이 때부터 다시 시작한다면 또 모를까.

그러니 그것은 부질없는 탄식이요, 넋두리다. 과거의 어느 시점으로 되돌아가서 다시 시작하면 더 좋은 결과를 얻을 수 있으리라는 안타까움, 아쉬움……. 과거의 시간으로 되돌아가 다시 살아볼 기회를 준다면, 뭐 나쁠 것까지야 없으리라. 하지만 과거로 되돌아갈 방법이 없다. 그러니 잠깐이라도 '내가 10년만 젊었다면' 하는 생각이 드는 순간이 온다면 그 생각을 빨리 버리는 것이 좋다. 과거의 시점에 붙들린 사람은 앞으로 나아갈 수 없다. 어제는 우리가 다시 살아볼 수 없는 시간이다. 우리에게 주어진 시간은 지금 우리 코앞에 있는 오늘 바로 이 순간과 어쩌면 다행히 주어질지도 모르는 내일이라는 시간뿐이다.

'지나간 것은 지나간 대로 그런 의미가 있죠' 전인권이 노래했다. 나는 전인권의 노래를 좋아하고 그가 쓴 노랫말을 좋아한다. 지나간 일은 그 자체로의 의미가 있고 이유가 있다. 오늘의 내가 있기까지 거쳐 지나온 길이고 그 길에서 만난 일이니까. 그 길과 그때의 상황이 오늘의 나를 만든 셈이다. 후회와 아쉬움은 필요 없다. 지난 일은 그저 지난 일로서의 의미로 내버려두고 앞을 향해 나아가면 되는 것이다.

말이 나온 김에 한 번쯤 뒤돌아보기로 하자. 나의 10년 전은 어땠나. 2009년이라면 문화전문지 《PAPER》를 열심히 만들고 있었다. 아들은 재수 끝에 엄마가 그토록 원하던 대학에 들어갔다. 그 시절의 나는 어떤 생각을 하며 살았을까? 먼지가 수북하게 쌓인 책꽂이에서 2009년에 만들었던 책들을 다시 꺼내어 들춰보았다. 《PAPER》는 내게 지난날의 일기장과도 같은 셈이니까.

통권 164번째 2009년 8월호 《PAPER》에는 다음과 같은 내용이 담겨 있었다. 로버트 풀검이 쓴 에세이 중에서 한 대목을 가져다가 인용하며 독자에게 인사의 말을 전했다. 그 내용을 옮기자면 이런 이야기다.

슈퍼마켓의 치즈 코너를 지나가는데 괴상한 물건이 가득 든 쇼핑카트를 끌고 가는 여자분이 보였다. 나의 초대장. "부인의 쇼핑카트에 든 물건들이 제 것보다 좋아 보이네요. 우리 서로 카트를 바꿀까요? 부인은 제 것을 가져가고 저는 부인 것을 가져가는 거죠. 집에 가서 보면 재밌을 것 같은데요."

고심해 고른 생활용품들이 가득 담긴 쇼핑카트. 누군가가 다가와 서로의 쇼핑카트를 바꾸자고 한다. 어안이 벙벙한 표정으로 상대를 대할 것이 뻔하다. 나라도 그럴 것이다. '도대체 무슨 소리를 하는 거지? 왜 쇼핑한 물건을 바꾸자는 건데?' 도저히 이해하기가 어려운 상황이다.

로버트 풀검은 이 이야기를 통해 '좀 놀 줄 아는 사람'과 '놀 줄 모르는 사람'에 관한 이야기를 하고 싶었던 것이다. 좀 놀 줄 아는, 유머감각이 있는 사람은 위 같은 경우에 '오, 정말 재밌는 생각이로군요. 그렇게 하는 게 좋겠어요!' 하고 반응할 것이고, 전혀 유머감각이 없는 놀 줄 모르는 사람이라면 '엥? 웬 헛소리?' 하고 종종걸음으로 서둘러 카트를 몰고 사라질 거라는 이야기다.

나는 10년 전쯤에도 지금과 그다지 다르지 않은 모습으로, 다른 사람이 쓴 이야기를 슬그머니 가져다 인용하면서 '나도 그와 같은 생각을 하고 있다. 될 수 있으면 유머감각을 가지고 좀 놀 줄 아는 사람으로 살아가는 게 좋지 않겠는가……' 하고 독자에게 권했던 셈이다. 10년 전에 그렇게 살던 사람은 10년 후에도 그렇게 살게 마련이다. 대부분의 사람은 서른 살의 나이를 넘긴 이후로는 좀처럼 그 스타일이 바뀌지 않는다. 태어나서 30년 동안 꾸준히 지속해온 자신의 스타일이 있기 때문이다.

어느 정도 나이를 먹고 난 후에는 10년 전으로 돌아가고 싶다는 소리를 하지 말라는 것이 내 이야기의 요지다. '지금 현재'라는 시점이 이미 10년 후의 시점으로 본다면, 10년 전의 시간인 셈이니까. 앞으로의 10년 후에 오늘의 시간을 아쉬워하지 않을 수 있도록 '지금 현재'에 내가 할 수 있는 일들을 하며 열심히 살자는 이야기. 카르페 디엠은 됐고, 로버트 풀검의 이야기처럼 유머감각을 갖고 즐겁게 살 수 있다면 충분히 좋을 것이다.

그나저나 다음에 대형마트에 가면 재미삼아 한번 해봐야겠다. '그쪽 카트에 담긴 물건들이 더 좋아 보이는데 저랑 카트를 바꾸지 않으시겠어요?' 내 제안을 들은 누군가의 표정이 궁금해진다. 이 나이에 아직도 어디 가서 '미친놈' 소리를 듣고 싶어 하다니. 나도 참……. 내가 10년만 젊었어도 그렇게까지 이상한 짓을 하려고 들진 않았을 텐데…….

오늘의 BGM
「I'd love change the world」 - Ten years after

그가 지닌 물건들이 그를 대변한다

그 사람이 가지고 있는 물건을 보면
그 사람이 어떤 부류의 사람인지를
파악하는 데에 도움이 된다.
장식장 가득 술병이 진열된 사람이라면
좋은 술을 모으는 취미를 가진 사람일 테고,
방 안 여기저기에 빈 술병과 맥주 캔이
굴러다니는 사람이라면
실제로 술을 즐기는 사람일 터이다.
그 사람이 가지고 있는 책을 살펴보면
그 사람의 관심사를 읽을 수가 있고,
그가 가지고 있는 옷이나 신발을 보면
그 사람의 패션 취향을 읽을 수 있다.
나처럼 온갖 잡동사니에 파묻힌 사람이라면
그 의식 세계가 혼탁하리라는 짐작을 할 수 있고,
깔끔하게 잘 정돈된 공간에 머무르는 사람이라면
그 의식 세계가 반듯하리라는 추측을 할 수 있다.

사람이란 모름지기 그가 가까이하는 것들을
닮아가게 마련이다.
그래서 '그 사람이 어떤 사람인지를 알고 싶다면
그 사람의 친구를 보라'라는 말도 생겨난 거겠지.

그렇다, 가능한 한 좋은 물건, 좋은 환경,
좋은 사람과 가까이 지내는 게
나 자신에게도 좋은 영향을 미친다.
좋은 것과 자주 가까이하여
나 자신도 좋은 사람이 되고 싶다는 생각을
틈날 때마다 하곤 한다.

세상 모든 일이 내가 바라고
원하는 대로 흘러가는 것은 아니지만,
그래도 노력해서 가능한 일이라면
이왕이면 '좋은 것'과 가까이하며 지내고 싶다.

이번 생은
글러먹었다고 본다

설령 글러먹었다는 느낌이 들더라도
자동차 바퀴에 깔린 오징어포처럼 주눅이 들어
널브러질 필요는 없다.

. . .

'똑바로 해, 정신 차려! 커서 뭐가 되려고 그러니?' 누구나 이런 야단을 맞은 경험이 있을 것이다. 그런 적이 없었다면 당신은 타고난 행운아거나 착실하고 반듯한 모범생이었을 것이다. 도무지 나무랄 데 없는 아이. 나도 똑바로 살고 싶고, 정신을 바짝 차린 상태로 움직이고 싶고, 남들에게 존경받는 사람이 되고 싶었다. 하지만 우리가 겪어봐서 알듯이 늘 그런 자세를 유지하며 살기란 여간 어렵지 않다. 찬란하게 빛나는 저 태양도 밤이 되면 어둠 속으로 사라지거늘……. 어찌 인간이 늘 반듯하고 명석할 수 있으랴. 그것은 불가능하다.

인간은 실수와 실패를 통해 성장한다. 하지만 죽을 때까지 성장을 지속하는 인간은 없다. 생애의 어느 지점에 도달하면 성장은 멈추게 마련이고 그 후로는 쇠락하기 시작한다.

몸과 영혼이 서서히 무너지기 시작하는 것이다. 그러니 성장 일변도를 부추기는 그런 삶의 방향성은 어쩌면 무모한 것인지도 모른다.

살다 보면 '이번 생은 글렀다'는 생각이 걷잡을 수 없이 휘몰아치는 날이 있다. 그런 생각이 한 달 내내, 아니 일 년 내내 이어지기도 한다. '망했어, 이번 생은 글러먹었어. 어찌할 도리가 없어' 이런 생각이 온몸의 세포를 훑고 지나다니는 느낌. 똑바로 걷기도 어렵고 도저히 극복할 수 없을 것 같은 느낌의 깊은 좌절감…….

좋다. 글러먹었을 수 있다. 뭐 하나 제대로 돌아가는 일이 없고 사사건건 하는 일마다 이리저리 뒤틀어지는 삶. 물론 승승장구하는 유형의 삶도 있다. 그러나 그런 삶도 언젠가는 나락에 빠져 좌절하는 날이 온다. 높이 올라가면 올라갈수록 추락으로 인한 충격은 클 수밖에 없다. 자신을 있는 대로 잔뜩 키워 바윗돌만 한 존재가 된 사람의 추락과 깃털처럼 가볍게 나풀거리며 살아온 사람의 추락이 주는 충격과 영향이 어느 쪽이 더 클 것인지는 자명한 일이다.

설령 글러먹었다는 느낌이 들더라도 자동차 바퀴에 깔린 오징어포처럼 주눅이 들어 널브러질 필요는 없다. 뭐 얼마간은 기분이 가라앉은 채로 사색에 잠긴 시간이 필요할 수도 있고 그것이 오히려 자신을 위해 좋을지도 모른다. 그러니 추락의 즐거움을 음미하는 테크닉이 필요하다. 어렸을 적에 미끄럼틀을 타고 즐거운 비명을 질렀듯이. 번지점프를 하며 오줌을 지리는 쾌감을 맛보듯이. 우리에겐 즐거움을 만끽할 줄 아는 훈련이 필요하다. 인생을 즐겁게 살아가기 위해서는 그런 우아한 기술을 구사할 줄 알아야 한다는 이야기다.

인간은 언젠가는 추락한다. 함정은 곳곳에서 우리를 기다린다. 인생이란 본래 그런 거니까. 이번 생은 글렀다며 일찌감치 포기할 일이 아니다. 어차피 글러먹은 인생, 이리도 굴려보고 저리도 굴려보며 통로를 모색하는 게 어떠하겠느냐는 이야기다. '글러먹은 채로' 이번 생을 마무리하기엔 생의 남은 시간이 너무 아까우니까.

어쩌면 이번 생을 포기한 자에게 다음 생은 없을지도 모른다. 다음 생은 이번 생을 끝내 열심히 산 사람에게 주어지는 선물이다. 노력하지 않는 사람은 밤하늘의 별을 딸 수 없다.

오늘의 BGM
「Vincent (Starry, Starry Night)」 - Don McLean

21세기는 왜 그토록 간절히
나를 원했던 것일까

살아가는 일이 허전하고 등이 시릴 때
그것을 위안해줄 아무것도 없는 보잘것없는 세상을
그런 세상을 새삼스레 아름답게 보이게 하는 건
사랑 때문이라구

· · ·

'내가 지금 이 세상을 살고 있는 것은 21세기가 간절히 나를 원했기 때문이야' 조용필의 노래 「킬리만자로의 표범」 노랫 말 중의 한 대목이다. '가왕'이라 불리는 조용필이 너무나도 절절하게 잘 그려낸 노랫말이지만 이 문장은 본래 양인자 시 인(나는 그녀를 시인이라고 생각한다. 그녀가 쓴 노랫말을 읽어보 면 그런 느낌이 온다)이 가슴으로 쓴 문장이다. 가슴에 담아 두기가 너무나 뜨거워서 목구멍 밖으로 토해낸 말.

「킬리만자로의 표범」은 조용필의 8집 앨범 수록곡이다. 1985년 겨울에 발매된 이 앨범에는 조용필 최고의 히트곡 중의 하나인 「허공」 이외에도 「바람이 전하는 말」, 「그 겨울 의 찻집」 등 내 가슴을 후벼 파는 노래들이 많다.

1985년에 발표된 앨범이니, 내가 「킬리만자로의 표범」 노래를 처음으로 접한 것은 아마도 그해 겨울이었으리라 짐작한다. 밤늦도록 야근한 다음 날 느지막이 오른 출근길 버스에서 처음 그 노래를 들었던 것으로 기억한다. '먹이를 찾아 산기슭을 어슬렁거리는 하이에나를 본 일이 있는가'라는 쓸쓸한 질문으로 시작하는 이 노래는 이렇게 이어진다.

살아가는 일이 허전하고 등이 시릴 때에
그것을 위안해줄 아무것도 없는 보잘것없는 세상을
그런 세상을 새삼스레 아름답게 보이게 하는 건
사랑 때문이라구
사랑이 사람을 얼마나 고독하게 만드는지
모르고 하는 소리지……

이 대목을 들었을 때 나는 마치 불에 달군 쇠꼬챙이가 가슴을 지지며 파고드는 듯한 느낌을 받았다. 거짓말이라고는 단 1퍼센트도 섞이지 않은 솔직한 고백이다.

나는 고개를 떨군 채 조용필의 노래 속으로 빠져들었다. 시뻘겋게 불에 달군 쇠꼬챙이에 내 가슴이 불판 위에 올려진 비프스테이크처럼 지글거리며 익어가고 있을 때, 해머로 내 머리를 내리치듯이, 아니 머나먼 우주에서 날아온 별똥별이 내 머리에 들어와 박히듯이 노랫말이 머릿속을 가득 채웠다. '내가 지금 이 세상을 살고 있는 것은 21세기가 간절히 나를 원했기 때문이야' 그 노랫말이 머릿속에서 공명을 일으키며 서라운드 에코가 되어 윙윙거렸다. '21세기가…… 간절히…… 나를…… 원했기 때문이야……'

순간 웃음이 터져 나왔다. 처음에는 소리 내어 웃었고 그 다음에는 고개를 숙인 채 키득거렸다. '21세기가 나를 간절히 원한대, 나를 원한다잖아. 그것도 간절히. 개뿔 원하긴 뭘 원해? 그걸 지금 말이라고 하는 소리야? 21세기가 그렇게 간절히 원했는데, 지금 내가 이 모양 이 꼴로 살고 있는 거냐구!' 터져 나오는 비웃음을 참을 수가 없었다.

밀려드는 자괴감을 끌어안고 30초쯤 웃었을까? 가슴이 울렁거리고 토할 것 같았다. 물론 지난밤에 마신 술의 숙취 때문이기도 했을 것이다. 하지만 결정적 요인은 나를 그토록 간절히 원한 21세기 때문이었다. 이를 악물고 견딜 수 있는 한계까지 참았다. 나는 흐르는 눈물을 손등으로 닦아내며 버스에서 뛰어내릴 수밖에 없었다. 버스 정류장 의자에 앉아 잠시 머리를 감싼 채로 웅크리고 있었더니 토할 듯 메스꺼운 느낌은 가까스로 진정되었다. 하지만 나를 원한다는 21세기의 목소리는 여전히 귓속에서 메아리가 되어 울려 퍼지고 있었다. 21세기가 나를 원한다. 21세기가 간절히⋯⋯.

슬퍼졌고 가슴이 쓰라렸다. 21세기가 그토록 간절하게 나를 원한다는데 나는 지금 여기 쭈그리고 앉아서 무엇을 하고 있는 것일까? 아! 출근하는 중이었구나. 흐트러졌던 정신을 수습하고 서둘러 택시를 잡아타고 회사를 향해 달렸다. 시곗바늘은 오전 10시 30분을 가리키고 있었다. 사무실 문을 열고 들어가자마자 화살처럼 날아와 박힐 여러 개의 눈이 떠올랐다. 나는 지그시 눈을 감았다.

그날 오후에 사표를 썼다. 회사에 사표를 던진 것은 아니고 그냥 쓰기만 했으니 '사표를 작성했다'는 말이 더 옳은 표현일 것이다. '퇴사하려는 이유'에 대해서는 대체로 '일신상의 이유로'라는 매우 고전적이면서도 우아한 모범 답안이 있지만 어이없게도 그 자리에 '21세기가 간절히 나를 원해서'라고 적고야 말았다. 나는 적어도 이런 식으로 살다가 죽을 인간은 아니니까. 내가 누군가? 출근길에 조용필의 노래를 듣고, 절절한 감동을 할 줄 아는 그런 정도의 인간은 되지 않는가 말이다. 괴테가 그런 말을 했다고 그랬던가? '눈물에 젖은 빵을 먹어보지 않은 자와는 인생에 대해 이야기를 나눌 수 없다'고. 그 말에 동의한다. 「킬리만자로의 표범」을 들으며 눈물을 흘려보지 않은 자와는 더불어 함께 노래를 부를 수가 없다. 진정으로 깊이 공감한다.

그날 이후로 '21세기가 나를 간절히 원한다'는 사실에 내 영혼을 맡기고 살았다. 일종의 최면 상태와도 같았다. 모든 행동을 '21세기가 원하는 방식'에 맞춰서 살았다. 라면 한 그릇을 먹어도 21세기가 원하는 방식으로, 포장마차에서 소주를 마시더라도 21세기가 원하는 방식으로, 숨을 한 번 쉬더라도 21세기가 간절히 원하는 방식으로.

1986년, 내 나이 20대 후반의 시절. 꾸준히 생각하고 또 생각하며 살았다. 21세기가 나에게 그토록 간절히 원하며 기대했던 게 뭘까? 이 시대가 나에게 원하는 게 도대체 뭘까? 속 시원한 답을 내릴 수는 없었지만 생각하고 또 생각했다. 아침에 눈을 뜨고 밤에 눈을 감고 잠들 때까지. 종일 그 생각에 매달렸다. 나를 그토록 원하는 21세기를 위해 무엇을 할 수 있을 것인가. 내가 무엇을 해줄 수 있을 것인가? 그저 눈 덮인 산 정상에 올라가 천천히 굶어 죽기만 하면 되는 것일까? 매일매일 이렇게 고독과 악수하며 술잔을 부둥켜안고 살아가면 그것으로 되는 것일까?

21세기가 나에게 원하는 게 뭘까? 그 답을 찾지는 못했으나…… 그 화두가 나를 살게 했음을 인정한다. 20대 후반 이후 나의 삶은 그 답을 얻기 위해 살아온 셈이다. 실제로 그러했다. 돌이켜보면 한 곡의 노래는 한 인간을 완전히 망가뜨리기에 십상이다. 그래서 버스를 탈 때는 주의해야 한다. 버스에서 흘러나오는 노래를 아무 생각 없이 듣다가 인생이 망가지는 경우가 허다하기 때문이다.

오늘의 BGM

「한계령」 - 김민기

3장

혼자 있고 싶지만
외로운 건 싫다

혼자 있고 싶지만
외로운 건 싫다

내가 즐거워질 수 있는 '메이크 미 해피' 리스트를 만들어보자.
10가지쯤 리스트를 만든 후에 그중에서
가장 실천에 옮기기 쉬운 것부터 차근차근 하나씩 시작하기로.

• • •

'혼자 있고 싶은데, 외로운 건 싫더라구요. 어떻게 하면 좋을까요?' 한 친구가 내게 이런 질문을 던졌다. 이건 마치 '배는 고프지만 뭔가를 먹고 싶지는 않다'는 말과 유사하거나 '이 것저것 맛있는 걸 먹고 싶기는 한데, 배부른 건 싫다'는 말처럼 들렸다. '졸리기는 한데, 잠을 자기는 싫다'거나 '취직을 하고 싶기는 한데, 출근하기는 싫다'거나 '놀고 싶기는 한데, 피곤해지는 건 싫다'는 뭐 그런 식의 말들과 비슷한. 그러니 도대체 어쩌라는 거냐? 이런 걸 창과 방패의 모순된 말의 현란한 유희라고 해야 하려나?

인간은 근본적으로 외로운 존재다. 왜냐하면 인간은 이기적인 존재라서 그렇다. 이기적인 모든 존재는 누구나 예외 없이 외롭다. 이기적인 상대를 좋아하는 인간이란 이 세상에 없기 때문이다. 눈앞에선 웃을지 몰라도 돌아서면 반드시 욕을 하게 마련이다. '저런, 저밖에 모르는 이기적인 놈 같으니라구!', '잘 먹구 잘 살아라, 이 인간아!'

그리고 이건 너무나 당연한 이야기지만, 누구나 혼자 있으면 외로워지게 마련이다. 좋아, 마술을 부려보자. 혼자 있지만 외롭다는 생각이 하나도 들지 않는 방법. 머릿속의 생각을 비우면 된다. 외로움이라는 개념 자체를 지워버리는 거지. '외로움'이라는 개념이 무엇인지를 모르는데, 어떻게 외로움을 감지할 수 있겠는가? 생각이 이리저리 뒤엉켜 있어서 생각을 비울 수 없다고? 그렇다면 지금 들어 있는 생각을 밖으로 꺼내고 새로운 생각을 그 자리에 넣으면 된다.

1. 생각 상자를 연다.
2. 외롭다는 생각을 꺼낸다.
3. 그 빈자리에 즐겁다는 생각을 집어넣는다.
4. 생각 상자를 닫는다.
5. 머릿속에 외롭다는 생각 대신 즐겁다는 생각이 가득 차오른다.

위의 과정을 그럭저럭 해냈다면, 그다음에는 '혼자서도

잘 노는 방법'을 익혀야 한다. 예를 들어 혼자서 먹기 위한 맛있는 식단을 상상하며 마트에서 쇼핑하는 일은 즐겁다. 혼자서 홀짝홀짝 야금야금 마시고 음미하기 위한 술을 고르는 일도 즐겁다. 혹시 술을 즐기지 않는다면, 이 방법은 패스. 집으로 돌아와 나만을 위한 요리를 하는 일은 어떤가?

이런 제안이 모두 귀찮다고? 그렇다면 당신은 그냥 외로움을 느끼는 수밖에 없다. 오늘은 밥도 굶고 외로움에 깊숙이 빠져들어 베갯잇을 눈물로 적시며 잠이 드는 게 좋겠다. 인생은 원래 외로운 거니까. 하루쯤은 외로움을 만끽하며 보내는 것도 괜찮으리라. 하지만 내일 아침에 눈을 뜨면, 눈을 뜨자마자 당신을 가장 즐겁게 만들어줄 일이 무엇인지를 생각하라. 그리고 그것을 해라.

그것 역시 귀찮다면 까짓 하루쯤 더 외로움을 느끼며 보내라. 어차피 인생은 외로운 거니까. 조용필도 외롭고, 심수봉도 외롭고, 시어머니도 외롭고, 며느리도 외롭다. 살아 있는 모든 존재는 외롭다. 외로움을 느끼지 않기 위해서는 생각을 버려야 한다. 내가 이야기하지 않았던가? 그새 잊어버렸는가? 일단 생각의 상자를 열어. 그다음에 어떻게 한다고? 그렇지. 외롭다는 생각을 꺼내. 그리고 그다음엔? 좋아, 좋아. 그렇게 하는 거니까?

외롭다는 생각에서 벗어날 가장 좋은 방법의 하나는 '내가 무엇을 할 때 즐거운가'를 곰곰이 잘 생각해보는 거다. 그리하여 나 자신이 즐거워지는 시간을 확보하고 조금씩 늘려가는 것. 그렇게 지내다 보면 외롭다는 느낌이 들어설 자리가 점점 사라진다. 내가 즐거워질 수 있는 '메이크 미 해피' 리스트를 만들어보자. 10가지쯤 리스트를 만든 후에 그중에서 가장 실천에 옮기기 쉬운 것부터 차근차근 하나씩 시작하기로.

굳이 나의 경우를 예로 들어보라고 한다면. 옥상에 올라가서 물끄러미 하늘을 바라볼 때가 즐겁다. 20분이든 30분이든 그 시간에 나를 온전히 파묻는 게 그렇게 흐뭇하고 기분 좋다. 이어폰을 귀에 꽂고 좋아하는 음악을 들으면 더욱 좋다. 시원한 맥주 한 캔까지 함께라면 금상첨화. 아름다운 비단 위에 꽃수를 놓은 것처럼 몽롱한 기분이 되기 때문이다. 구름이 유난히 예쁜 날이나 황홀한 노을이 지는 날이면 눈물이 날 정도로 좋다.

나를 즐겁게 하는 것들이야 이루 헤아릴 수 없을 정도로 많지만 그중에서 또 한 가지를 꼽는다면……. 친구들을 불러서 뭔가 맛있는 걸 요리해서 먹이는 걸 좋아한다. 그것이 핑거 푸드가 됐든, 지글지글 굽는 요리가 됐든, 부글부글 끓이는 요리가 됐든 뭔가를 오밀조밀 요리해서 함께 먹는 걸 좋아한다. 대단한 요리 실력이 있는 건 아니지만, 요리란 모름지기 재료가 좋으면 맛있어질 확률이 높다. 그래서 맛있는 요리를 만들기 위해서는 좋은 재료를 선택할 줄 아는 안목이 중요하다. 요리는 어딘지 모르게 예술적 행위와 닮은 면이 많은 분야라고 생각한다. 맛있는 음식은 아름답다. 그리고 맛있는 음식을 좋아하는 벗과 함께 나누어 먹는 것은 그 자체가 이미 행복한 일이다.

오늘의 BGM
「Feeling so good」 - The Archies

이별과의
만남

이별이란 어쩌면 흐름의 변화라는 생각이 든다.
흘러가던 강물이 물줄기의 방향을 바꾸거나
폭포가 되어 쏟아져 내리는 것과 비슷한 변화.

· · ·

살다 보면 이런저런 이별을 겪는다. 학창 시절엔 졸업으로 친구들과 멀어지고, 작은 오해로 빚어진 사소한 사건으로 10년 넘게 쌓아온 우정이 와르르 무너져 친구와의 인연을 끊는 일도 있다. 남자 친구나 여자 친구가 다른 이성에게 눈길을 돌리는 바람에 자존심이 폭발해 헤어지기도 하고, 결혼해서 알콩달콩 잘 살다가 여러 가지 복잡한 문제…… 그러니까 성격 차이라든지, 시댁이나 처가의 횡포라든지, 경제적인 이유 등으로 이혼하고 서로 남남이 되는 경우도 허다하다.

어떤 형태의 이별이든 한때 사랑했던 사람과 헤어진다는 건 가슴 아픈 일이다. 만나면 이별하는 게 삶의 정해진 이치라 할지라도 안타까운 이별 앞에 담담하기란 쉬운 일이 아니다. 김광석의 노랫말 중에도 있다. '매일 이별하며 살고 있구나' 사랑에 빠지면 우리는 그 황홀한 느낌이 영원히 지속되기를 원한다. 그 따뜻하고 달콤한 느낌이 영원히 이어지기를 너무나도 간절히 원한다. 그러나 영원히 지속되는 그런 사랑은 이 세상에 없다. 시간이 흐르면 모든 것은 변한다. 영원히 지속되는 것은 아무것도 없다. 아니, 시간의 흐름에 따라 모든 것이 변한다는 사실만이 영원하다.

이별이란 어쩌면 흐름의 변화라는 생각이 든다. 흘러가던 강물이 그 물줄기의 방향을 바꾸거나 폭포가 되어 쏟아져 내리는 것과 비슷한 변화. 그러니까 영화 속에서의 장면이 바뀌듯이 그 흐름이 바뀌는 일. 그러니 이별이라는 게 우리에게 기본적으로 정해진 프로그램이라면 우리는 그것을 잘 받아들이고 소화해야 할 필요가 있다. 그래야 우리가 살 수 있을 것 아닌가. 이별할 때마다 꼴딱꼴딱 숨이 넘어간다면 우리가 어떻게 살겠는가?

수많은 이별 중에서도 가장 안타깝고 쓰라린 이별은 사별이다. 죽음으로 그 지속성에 종지부를 찍는 일, 불가항력, 절대로 돌이킬 수 없는, 영원한 이별. 사별은 통곡이 아닌 어떤 것으로도 치유되지 않는다. 3개월 내내 소리 내 울고 또 울어야 겨우 진정되는 것이 사별이다. 회복이 불가한 절망감 앞에 우리는 좌절한다. 친구와 싸우고 멀어졌든 부부가 성격

서울대 가지 않아도 들을 수 있는 명강의

서가명강

서울대생이 듣는 강의를 직접 듣고 배울 수 있다면?

서울대학교 최고의 '죽음' 강의
**나는 매주 시체를
보러 간다**

문과생도 열광한 '융합 과학 특강'
크로스 사이언스

내 인생의 X값을 찾아줄
감동의 수학 강의
**이토록 아름다운
수학이라면**

한강의 기적에서 헬조선까지
잃어버린 사회의 품격을 찾아서
**다시 태어난다면,
한국에서 살겠습니까**

인류 정신사를 완전히 뒤바꾼
코페르니쿠스적 전회
왜 칸트인가

서가명강은 현직
서울대 교수진의 강의를
통해 살아가는데 필요한
지식을 전합니다.

• 서가명강 시리즈는 계속 출간됩니다.

삶을 바꾸고 미래를 혁신하는
빅데이터의 모든 것
**세상을 읽는 새로운
언어, 빅데이터**

다리오, 네루다, 바예호, 파라…
라틴아메리카의 위대한 시인들
**어둠을 뚫고 시가
내게로 왔다**

대통령, 선거, 정당, 민주화 4가지
키워드로 읽는 한국 정치 가이드
**한국 정치의
결정적 순간들**

정적

배철현 지음 | 값 17,000원

"마음의 평정을 어떻게 찾을 것인가"
하루 10분, 고요하게 나를 지켜내는 힘

베스트셀러 『심연』, 『수련』을 잇는 세 번째 인문 에세이. 고전문헌학자 배철현이 풀어내는 아포리즘이 어우러진 이 책을 통해 나를 유혹하는 외부의 소리가 아닌 내면의 소리에 '경청'하는 삶의 위대함을 느낄 수 있을 것이다.

바닷가 작업실에서는 전혀 다른 시간이 흐른다

김정운 지음 | 값 18,000원

맥락 있는 유머, 역시 김정운이다!

불안 없이 진짜 하고 싶은 일을 마음대로 할 수 있는 최소한의 공간, 슈필라움! 여수에서 자신이 꿈꾸던 바닷가 작업실 '미역창고(美力創考)'를 찾기까지의 여정을 통해 슈필라움의 역할을 통찰한다.

다크호스

토드 로즈, 오기 오가스 지음 | 값 18,000원

『평균의 종말』을 잇는 토드 로즈의 역작!
평균의 세계를 뛰어넘는 개개인성의 힘

구시대적인 성공 경로를 거부하고도 성공을 쟁취하는 동시에 그 과정에서 충족감에서 발견한 사람들의 감동적이고 흥미진진한 이야기. 성공과 행복 추구를 바라보는 기존의 사고방식을 바꿀 수 있는 방향과 지침이 수록되어 있다.

탁월한 사유의 시선

최진석 지음 | 값 18,800원

시선의 높이가 삶의 높이다

철학이란 앞선 철학자들의 생각을 '배우는' 것이 아닌 스스로 삶에 관해 직접 '생각하는' 것이다. 따라서 철학을 하지 못한다는 것은 생각하지 못한다는 것과 같으며, 생각하는 개인으로 이루어진 국가는 방향성을 상실하고 만다. 철학을 통해 얻은 사유의 시선으로 스스로 삶의 격을 높인다.

안철수, 내가 달리기를 하며 배운 것들

안철수 지음 | 값 16,800원

인내하며 한 발 한 발 내딛는 삶에 대하여

저자가 7년 만에 출간하는 책이다. 달리기의 세계에 빠져든 계기부터 달리기의 좋은 점, 마라톤 대회 에피소드와 노하우를 소개하고, 독일뿐 아니라 미국과 유럽에서 경험한 다양한 에피소드를 비롯해 그동안의 생각과 심경, 집과 연구소 등 일상의 모습까지 자신의 모든 이야기를 담았다.

혼자도 괜찮지만 오늘은 너와 같이

나승현 지음 | 값 14,000원

"함부로 사랑에 빠지지는 않지만
언제든 사랑에 빠질 준비는 되어 있다"

KBS 라디오 〈사랑하기좋은 날 이금희입니다〉의 코너 '연애일기, 만약에 우리'에는 청취자가 보내온 사랑 이야기가 방송된다. 만남부터 이별까지 연애의 모든 순간을 담은 이 이야기를 통해 일상에 작은 설렘을 선물할 것이다.

40세에 은퇴하다

김선우 지음 | 값 15,000원

나에게 떳떳하기보다 남에게 보여주기 바빴던 삶
난생처음 스스로 결정한 40살 은퇴의 기록

'40세', '은퇴'라는 현실적인 단어를 빌려 지금의 삶을 뒤돌아보자고 이야기 한다. 이 책과 함께라면 원래 하던 일을 그만두는 용기, 새롭게 할 일을 찾아가는 도전, 삶의 과거와 미래 사이에서 자신만의 길을 발견할 수 있을 것이다.

공부머리를 완성하는 초등 글쓰기

남미영 지음 | 값 15,000원

쓰면서 배우고 쓰면서 생각한다

한국독서교육개발원 남미영 원장의 '생각하는 글쓰기'를 위한 지침서. 놀이와 취미활동을 통해 생각하는 글쓰기를 익히고, 공부머리를 튼튼하게 해주는 방법을 담았다. 부모님과 선생님에게는 '글쓰기 교육의 자신감'을, 아이에게는 '글쓰기의 즐거움'을 찾아주는 열쇠가 될 것이다.

오늘의 SF

김창규, 김초엽, 듀나 외 17명 | 값 15,000원

변화를 이끄는 다양한 목소리
지금 가장 필연적인 텍스트

'SF가 보는 미래'가 아닌 'SF의 눈으로 바라보는 오늘'을 그
린 한국 유일의 SF 무크지. SF, 인터뷰, 비평, 칼럼, 에세이,
리뷰 수록.

벌새

김보라 외 지음 | 값 17,000원

1994년, 닫히지 않은 기억의 기록
영화 〈벌새〉를 만나는 가장 오롯한 방법

40회 청룡영화제 각본상, 베를린 영화제 등 전 세계 영화제
42관왕 수상작 〈벌새〉를 책으로 만나다. 무삭제 시나리오 외
대담 수록.

사브리나

닉 드르나소 지음 | 박산호 옮김 | 값 24,000원

"사람을 천천히 미치게 만드는 전염병 같은 책."
박찬욱 감독 강력 추천!

맨부커상 최초의 그래픽노블 후보작

현실의 끔찍한 사건이 온라인을 통해 더욱 잔인하고
비인간적으로 진화하는 모습을 정면으로 응시한 작품

시동

조금산 지음 | 14,000원

마동석, 박정민, 정해인,
염정아 주연
영화 〈시동〉 원작

아무리 치이고 짓밟혀도 한 걸음 내
디딘 순간, 우리 인생의 '시동'이 걸
린다!

차이로 갈라섰든 그런 경우의 이별에는 실낱과도 같은 지속성의 여지는 남는다. 인연이란 질긴 것이니까. 깊은 오해와 배신감에서 벗어나 다시 재회하는 친구도 있고, 이혼한 지 3년 만에 다시 만나 재결합하는 부부도 있지 않은가. 살아 있는 한 우리에게는 그나마 재회의 가능성이 열려 있다. 아, 물론 어떤 인간은 죽을 때까지 다시는 보고 싶지 않은 경우가 있기도 하지만. 어쨌든 사별이란 속수무책인 형태의 이별이다.

나는 이미 여러 차례 가족을 떠나보낸 경험이 있다. 가족처럼 아끼며 사랑했던 강아지의 죽음까지 포함한다면 모두 네 번의 사별을 겪은 셈이다.

가수 김민기가 만든 노래 「백구」의 이야기를 닮은 잘 생긴 하얀 진돗개가 내 어린 시절의 친구였다. 내가 하는 모든 이야기를 언제나 묵묵히 들어주던 친구. 그 친구를 어린 시절에 잃었다. 태어나서 처음으로 겪은 깊은 상실감이었다. 견딜 수 없이 슬펐다. 그 친구가 되살아나 끝끝내 함께해주기를 원했지만, 그렇게 떠나버린 것이다. 나의 동의를 구하지도 않은 채로. 한마디 말도 없이.

죽음이 우리를 갈라놓은 두 번째 사건은 어머니와의 이별이다. 내가 대학교 3학년 때 학교 신문사에서 남해안으로 3박 4일간 MT를 간다고 해서 함께 어울려 놀러 갔다가 여정을 모두 마치고 깊은 밤 아무 생각 없이 집으로 돌아왔더니 어머니는 이미 운명하신 상태였다. 우리는 당시 자그마한 연립주택(그러니까 요즘으로 치자면 빌라 형태의 주택)에 살고 있었는데, 출입문을 열자 현관에 신발들이 가득했다. (그 시절만 해도 누군가가 돌아가시면 집안에서 장례를 치르던 시절이었다) 내가 문 안으로 들어서니 거실 가득 조문객들이 둘러앉아 있었고 이모님이 달려와 나를 끌어안고 펑펑 우셨다. 이미 입관을 마친 상태라서 나는 어머니의 마지막 얼굴을 보지도 못한 채로 그렇게 어이없이 어머니와 헤어져야 했다. MT를 다녀오겠다며 웃는 얼굴로 인사를 나누고 집을 나선 게 엊그제인데, 나를 반갑게 맞아줄 어머니는 이미 하늘나라로 떠나신 상태. 너무 황당해 현실감이 없다.

요즘 같으면 핸드폰으로 연락이 되니까 지구 반대편에 있더라도 단숨에 어머니 곁으로 날아왔을 거다. 하지만 내가 대학생이던 시절엔 아직 핸드폰은커녕 삐삐조차 없었다. 그런 것들이 없어도 살아가는 데에 아무런 지장이 없던 시절이었다. 그래서 낄낄대며 즐겁게 놀러 갔다가 왔더니 어머니가 너무나도 깊이 잠드셨고 아무리 기다리고 또 기다려도 깨어나질 않으시는 거다. 이런 환장할 노릇이 어디에 있단 말인가. 할 말을 잃었다. 할 말이 없었다. 그저 '엄마……' 긴

여운을 남기는 그 두 음절밖에는.

평소에 혈압이 높으셔서 늘 건강에 유의하며 지내셨는데 웬 날벼락이란 말인가? 눈물도 나오지 않았다. 그저 정신이 아득하고 머릿속이 텅 비어버린 느낌. 나를 이 세상에 태어 나게 한 그 뿌리가 하루아침에 사라져버린 것이다. 마지막 인사 한마디도 나누지 못한 채로. 하지만 한 가지 다행스러 운 일은, 어머니가 돌아가시던 날에 맛있게 저녁 식사를 하 셨고 피곤하시다면서 평소보다 일찍 따뜻한 물에 몸을 담그 고 목욕을 하신 후에 깊이 잠드셨다는 것이다. 그러고는 다 음 날 아침 잠에서 깨어나지 않으셨다고 했다. 편안히 주무 시다가 하늘나라로 가셨다고 하니, 이 세상에 그보다 더 행 복한 죽음은 없으리란 생각이 들었다. 세상의 모든 노인이 원하는 가장 평온한 죽음의 형태가 스르르 잠들었다가 아 무런 고통 없이 하늘나라로 떠나는 것이라고 한다.

물론 어머니가 깜빡 잠든 사이에 돌아가셨다고 해서 남 은 가족이 슬프지 않은 것은 아니었으나…… 그래도 어쩐지 내겐 어머니가 편안히 주무시다가 돌아가셨다는 사실이 큰 위안이 되었다. 고통스러운 아픔 속에서 생을 마감하신 게 아니니까. 어머니는 생전에 정말로 착하고 고운 심성을 지닌 분이셨다. 그래서 축복받은 버전으로서의 하늘나라 여행길에 오르신 것이라고 나는 생각하기로 했다. 그렇게 생각하니 그 이별이 그렇게 아주 많이 슬프지 않았고, 오히려 어머니의 편안한 영면에 감사하는 마음이 더 깊었다.

어머니가 내 곁을 떠나신 후로 나는 죽음에 대해 다소 의연한 자세를 갖추었다. 죽음에 대한 자신감 같은 게 생겼다고나 할까? 어머니와 이별하고 몇 년 사이에 아버지마저 돌아가셨다. 그 후로 또 몇 년 후에는 작은 형이 나를 두고 먼저 하늘나라로 갔다. 나의 가장 좋은 술친구였던 형도 그렇게…… 형은 술에 잔뜩 취한 상태로 잠이 들었다가 이미 숨이 멎은 상태로 응급실에서 나를 기다리고 있었다. 나와 마지막 술잔을 나누지도 못한 채로.

아, 우리 아버지? 아버지도 주무시다가 심장마비로 갑자기 돌아가셨다. 그러니 어찌 보면 우리 가족은 모두 잠을 자다가 영원히 잠드는 특기가 있는 것인지도 모른다.

이제 내 부모와 형제 중에는 큰형님과 나만 남았다. 우리 두 사람이 어떤 방식으로 세상을 떠나게 될지 자못 궁금하기도 하고 기대가 되기도 한다. 형님도 나도 가족 특유의 잠든 상태에서 하늘나라 가기 신공을 발휘해 세상과 작별하기를 내심 바라고 있다. 이 세상에 그처럼 편안한 죽음은 없을 것이기 때문이다.

이별에 관한 이야기를 하다가 죽음에 관한 이야기로 흘러버렸는데…… 그러니까 결론은 언젠가는 우리가 결국 어떤 형태로든 이별을 맞이할 수밖에 없다는 이야기를 하고 싶었나 보다. 이별 앞에 담담해지는 법. 잘 헤어지는 법. 그런 훈련을 하면서 사는 게 어느 정도 필요하다는 생각을 자주 한다. 세상에 영원히 지속되는 건 없으니까. 언젠가는 어떤 식으로든 헤어지게 될 거니까. 그러니까 누구에게든 '있을 때 잘하자'는 생각 또한 자주 한다. 비록 몸이 생각을 잘 따라가지 못해서 숨이 차기는 하지만.

오늘의 BGM
「The saddest thing」- Melanie Safka

여전히 재미있으려나?

어떡하지? 어느 날 문득 그런 생각이 들었다.
갑자기 TV와 컴퓨터가 사라진다면?
스마트폰이 사라진다면?

어떻게 될까?
우리가 인터넷 검색을 통해
정보를 수집할 수 없다면,
아무리 급한 일이 생겨도
핸드폰이나 문자를 통해 그 내용을 전할 수 없는
그런 세상이 된다면 어떻게 될까?

예전에, 그러니까 불과 50년 전만 하더라도
우리는 그런 것들 없이도 잘만 살았는데……
내일부터 갑자기 TV와 컴퓨터와 핸드폰이 사라진다면?

재미있을 것 같아.

안절부절못하며 어쩔 줄을 몰라 하며
아주 재미있게 살게 될 것 같아.

하지만 그것이 TV나 컴퓨터나 핸드폰이 아니라
갑자기 사라진 게
너라면 어떻게 하지?
어느 날 갑자기 네가 내 곁에서 사라진다면……
어떡하지?
그래도 여전히 재미있으려나?
네가 이 세상에 없다 할지라도?

동의를 구하지 않았으니
너무 강요하지는 마시길

그러니까 우리는 모두 이 세상에 얼떨결에 태어난 존재다.
자신이 원했던 것은 아니지만 어쩌다 보니
세상이라는 무대에 아무 대책 없이 등장한 셈이다.

．．．

자식의 동의를 구하고 나서 아이를 태어나게 하는 부모는
이 세상에 없다. 그 말은 자신이 선택하고 동의해서 이 세상
에 태어난 인간이 없다는 의미다. 그러니까 우리는 모두 이
세상에 얼떨결에 태어난 존재다. 자신이 원했던 것은 아니지
만 어쩌다 보니 세상이라는 무대에 아무 대책 없이 등장한
셈이다. 대체 이 일을 어찌한단 말인가. 게다가 아무도 내 인
생을 나 대신 살아주지 않는다.

왕따를 당해도 내가 극복해야 하고, 슬픔과 고통도 내가
이겨내야 하고, 배고픈 서러움도 내가 견뎌야 한다. 아무도
나를 대신해 그것을 해주지 않는다. 누가 대신해주고 싶어도
근본적으로 불가능한 일이라서 그럴 수가 없다. 물론 온실
속의 화초처럼 부모의 품에 안겨 서른 살이 지나고 마흔 살

이 되도록 보살핌과 과잉보호 속에 살아가는 부류도 더러 있다. 누구나 알고 있듯이 그런 친구들에게는 자생력이 없다. 세상 한복판에 내놓으면 얼어 죽거나 굶어 죽기 딱 좋은 존재들이다.

얼떨결에 태어났지만 자기 앞에 하염없이 펼쳐진 시간을 어떻게 꾸려나가고 소모해야 할 것인가. 참으로 골치 아픈 문제다. 매우 현실적이고도 구체적인 문제일 뿐 아니라 반드시 그 문제를 해결해야 한다. 물론 시간만 흘러가게 내버려두는 방법이 있다. 그 방법을 택하면 시간은 시간대로 흘러가고 나는 이곳에 남는다. 그렇게 우아하게 도태되는 것이다. 남들이 말하는 시대에 뒤떨어진 인간. 박물관에 갖다가 앉혀놓으면 딱 좋을 것 같은 유형의 인간.

누구나 얼떨결에 태어나 우왕좌왕 갈팡질팡하며 살아가는 삶이니 아무리 자신이 낳은 자식이라 할지라도 이래라저래라 지나치게 간섭하는 것은 좋지 않다. 물론 동의를 구하지도 않은 채로 세상에 태어나게 했으므로 지극정성으로 사랑을 베풀며 양육할 책임은 있지만, 그렇다고 해서 그 아이에게 절대적인 영향력을 행사하려고 한다면 그건 좋은 방법이 아니라는 걸 그동안의 나와 주변의 경험을 통해 알았다.

A라는 성향으로 태어났다면 부모가 간섭하며 키우든 그

냥 들판에 풀어놓고 키우든 본래의 제 성향대로 세상을 살게 마련이다. 그렇다면 A라는 성향으로 태어난 아이는 A의 성향을 발휘하며 살도록 도와주고, B라는 성향으로 태어난 아이는 B의 성향을 발휘하며 살 수 있도록 도와주는 게 바람직하지 않을까? C에게는 C의 성향대로, D에게는 D의 성향대로…….

아버지는 나를 키우며 자주 이런 말씀을 하셨다. '아버지가 사는 모습을 보고, 그 방식이 좋겠다고 생각되면 아버지처럼 살고…… 그게 아니라고 생각되면 너 하고 싶은 대로 살면 된다'고. 내가 고등학교에 다닐 때부터 그 이야기를 듣기 시작한 것으로 기억하는데, 덕분에 나는 아버지가 일상을 살아가시는 모습을 틈틈이 관찰하며 삶의 방식에 대한 공부를 시작했다.

아버지는 솔선수범을 좌우명으로 사셨고 성실한 성품을 지닌 분이다. 나는 아버지의 그 성실한 면을 통해 안정감을 느꼈지만, 나의 본능은 '무한히 나태하기를' 갈망하고 있음을 또한 잘 알고 있었다. 나는 불성실하고 게으른 삶에 깊은 동경을 품고 있었다. 인간이 게으르게 지내면서도 그럭저럭 먹고살 수 있다면 얼마나 좋을까. 나는 그 문제에 심취했고 나의 꿈을 이루기 위해 남다른 노력을 쏟아가며 젊은 시절을 보냈다. 시절이 좋아서 그랬는지 아니면 내 외모에서 풍기는 성실하고 반듯해 보이는 연출된 느낌 때문이었는지 나는 아버지의 성실함과는 반대되는 노선을 택해 살았으면서도 세상 속에서 이리저리 헤엄쳐 다니며 30대와 40대를 무난히 잘 소화해냈다. 그리고 50대도 뭐 별다른 문제없이 잘 헤쳐나온 것으로 평가한다. 남들 눈에는 어떻게 보일지 모르겠으나, 나의 관점으로는 나름 그럭저럭 잘 살아온 셈이다.

이제 와서 새삼 살아온 길을 돌이켜보니 내가 살던 방식이 아닌 아버지의 방식으로 살았다면 나의 오늘이 어떻게 달라졌을까 하는 생각이 들곤 한다. 물론 그런 생각도 잠시, 금세 고개를 좌우로 흔든다. '나는 성실함과는 거리가 먼 사람이야. 나는 노력하지 않고 얻는 걸 더 좋아하는 타입이니까. 딴생각해서는 안 돼. 본능에 충실해야 해. 정신 차려! 이제 와서 뒤늦게 성실하게 살 수 있을 것 같아? 안 돼, 그건 안 될 말이야. 그냥 생겨먹은 대로 살라고. 네가 원하는 네가 가장 좋아하는 방식으로. 한없이 나태하고 게으르게……' 내 안의 내가 그렇게 말한다. 그리고 나는 기꺼이 그 말에 따르기로 한다. 내 인생은 내 것이니까.

아들을 키우면서 아버지가 내게 들려주신 이야기를 몇 차례 슬그머니 나의 아들에게 건넸다. '아버지가 사는 모습을 보면서 아버지가 살아가는 방식이 맞는 것 같다는 생각이 들면 아버지처럼……' 아들은 아무 말없이 무표정하게 내 이야기를 들었고 별다른 반응을 보이지 않았다. 내 아들이 살아가는 모습을 보니 아들은 아마도 '성실한 삶'을 선택한 것 같다. 어쩌다가 그렇게 된 걸까? 아들이 태어나기도 전에 할아버지는 돌아가셨기에 아들은 할아버지를 만나본 적도 없는데 말이다. 불가사의한 일이다. 아무튼 나는 내 아들이 그냥 계속 성실하게 살도록 내버려두기로 한다. 성실하게 산다는 게 나쁜 것도 아니고 어차피 지 인생 제 것이니까. 얼떨결에 태어난 인생, 아들 또한 그렇게 얼떨결에 살아갈 수 있도록…….

오늘의 BGM
「I'm not the man I used to be」 - Fine Young Carnival

살아가는 일이
허전하고 등이 시릴 때

오랜 시간 정성을 담아 빚은 술 속에는 어떤 위로가 담겨 있다.
최소한 12년이 넘는 세월 동안의 인내와 고통과 회한과 기쁨이
그 황금빛 액체 속에 녹아들어 있는 것이다.

． ． ．

제아무리 부처님과도 같은 평정심을 유지하며 사는 사람이라 할지라도, 살다 보면 언젠가는 견디기 어려울 정도로 고통스러운 느낌이 밀려오는 날이 있게 마련이다. 한없이 슬퍼지는 날이 있고, 외로움으로 가슴이 찢어지는 날도 있게 마련이다. 맑은 날이 있으면 비 내리는 날이 있듯이 그건 어쩔 수 없는 일이다. 날씨라는 게 그렇듯이 인생도 마찬가지가 아닌가. '죽을 때까지 행복하게 잘 살았습니다' 하는 이야기는 동화에서나 나오는 이야기고, 이제 어느 정도 나이를 먹은 우리는 매일매일 험난한 세파를 헤치며 하루하루를 살아야 한다.

그다지 권유할 만한 방법이 아니라는 건 잘 알지만, 나 같은 경우는 엄청난 고통이나 슬픔, 외로움 등이 몰려오는 날엔 좋은 술을 한 병 사러 주류 전문점으로 향한다. 외로움과 슬픔에 젖어 고독을 씹는 나를 위한 선물을 사러 가는 것이다. 그런 날에는 보통 위스키나 코냑을 선택한다. 그런 술은 대체로 술병의 모양새까지도 아름답다. 소비자를 유혹하기 위한 상술 때문이라기보다는 비싼 내용물을 담는 그릇은 그 그릇에도 많은 정성을 쏟아 만드는 것이 제격이기 때문이다. 그래서인지 나는 그 술병을 손에 쥐는 것만으로도 어느 정도 기분이 흐뭇해진다. 외로움이라든지 슬픔이라는 단어가 단박에 무색해져버리는 것이다. 황금빛 액체가 담긴 유리병 따위가 대체 뭐라고 외로움이 아이스크림 녹듯 녹아버리는 것인지…… 어떤 날은 그저 그 술을 샀다는 것만으로도 외로운 느낌이 사라져버리기도 한다. 가슴에 손을 얹고 말하건대 진심이다.

오랜 시간 정성을 담아 빚은 술 속에는 어떤 위로가 담겨 있다. 대체로 12년이 넘는 세월 동안의 인내와 고통과 회한과 기쁨이 그 황금빛 액체 속에 녹아들어 있는 것이다. 그 액체를 잠시 입안에 머금었다가 목구멍을 통해 배 속으로 삼킬 때…… 말로는 도저히 형용하기 어려운 격렬한 감동의 소용돌이가 가슴속 깊은 곳에서 솟아오름을 느낀다.

누군들 외롭지 않은 인생이 있으랴. 베토벤도 브람스도

슈베르트도 존 레넌도 피카소도 프리다 칼로도. 버지니아 울프는 말할 필요도 없고. 앤디 워홀과 바스키아에 이르기까지. 데미안 허스트는 작품이 비싸게 팔리니까 외롭지 않을까? 단언컨대 그도 외로울 것이다. 우리 어머니도 외롭고 아버지도 외롭고 형들도 외롭고…… 살아 숨 쉬는 모든 존재는 외로울 수밖에 없다. 그러니 나 혼자서만 외로움을 느끼는 것이 아니라는 그 사실이 묘하게 나를 외롭다는 생각에서 빠져나오게 한다. 우리는 누구나 하나같이 유일한 존재니까. 유일한 것은 외로우니까. 나만 외로운 게 아니니까. 다 같이 외로운 거니까.

한 가지 덧붙여서 이야기하자면, 좋은 술은 혼자서 마셔야 한다. 그 술과 독대해 단둘이 마주 앉아 경건한 자세로, 진지하게 두 손으로 술잔을 들어야 한다. 그래야 비로소 술도 잔뜩 힘을 내어 내 안의 외로움을 몸 밖으로 쫓아내기 때문이다. 물론 이 세상에서 가장 맛있는 술은 좋은 벗과 더불어 마시는 술이라는 건 나도 잘 안다. 하지만 비싼 술은 혼자서 마시는 게 좋다. 둘이서 마시면 일단 외로움이라는 감정이 쓸데없이 흐트러지기가 십상이다. 게다가 소주를 마시듯 잔을 부딪치며 원샷을 하기에는 어쩐지 비싼 술에 미안한 마음이 든다. 더 솔직히 말하자면 좀 아깝기도 하다. 인간은 언제나 이기적이므로 비싼 술은 반드시 혼자서 마셔야 한다.

그 아름다운 술병과 함께라면 혼자라도 절대 외롭지 않을 수 있다. 게다가 비싼 술을 마시다 보면, 외로움이 사치스럽다고 느껴지는 순간마저 찾아오고야 만다. 나 같은 경우엔 대략 석 잔쯤 연거푸 마시고 나면 그런 상태가 된다. 그런 상태로 잠이 들면 그것으로 오늘의 외로움과는 굿바이! 슬픔이여 안녕! 그렇게 점잖고 우아하게 하루를 마무리한다.

나는 비싼 술은 하루 저녁에 석 잔 이상 마시지 않는다. 석 잔 이상을 마시기엔 그 술이 너무 아깝기도 하거니와 언제 또다시 이 술을 찾을 날이 올지 예측하기 어렵기 때문이기도 하다. 외로움이란 놈은 늘 우리의 등 뒤에 숨어서 호시탐탐 우리를 공략할 틈을 노리고 있으니……. 그러니 일종의 가정상비약이다, 라는 생각으로 늘 반병쯤은 비축해두는 것이 필요하다. 아, 그렇게 깊은 슬픔이나 외로움이 얼마마다 찾아오는지가 궁금하신가? 내 경우엔 대략 계절에 한 번쯤 찾아오는 것 같은데…… 당신은 어떤지?

당신에게 외로움이 너무 자주 들이닥친다면 일단 어느 비 내리는 날에 나를 찾아오기 바란다. 나랑 소주를 한잔하면서…… 술 마시지 않고도 행복하게 사는 방법에 대해 이야기를 나눠보는 것도 좋겠다. 그 방법이 아예 없는 건 아니니까. 꼭 나를 만나러 오기 바란다. 진짜. 나도 이제는 맨날 혼자서 술 마시는 일에 지쳤거든요.

오늘의 BGM
「킬리만자로의 표범」 - 조용필

만약에
내가 너라면……

실제로 가장 좋은 조언은 상대방이 하는 이야기를
열심히 들어주는 것이다.

. . .

살다 보면 주변의 가까운 이에게 이런저런 조언을 하는 일이
생긴다. 그럴 때마다 상대방의 공감과 동조를 이끌어내기 위
해 수식어처럼 붙이는 말이 있다. '만약에 내가 너라면……'
그런데 이 말은 정말 쓸데없고 의미 없는 말이다.

　냉정하게 이야기하면 어떤 경우에도 A는 B가 될 수 없다.
그것은 B가 C가 될 수 없는 것과 마찬가지다. 어떤 경우에도
A는 A고, B는 B고, C는 C다. 저마다 각각 제가 타고난 성품
이나 기질 그리고 자신의 경험에 따라 자신의 생각과 판단
에 따라 행동하는 것이다. 그러니 '만약에 내가 너라면……'
으로 시작하는 가정은 아무런 의미가 없는 불가능한 설정이
라는 이야기다. 그 설정 자체가 잘못되어 있으니 그 뒤로 이
어질 조언이라는 게 뒤죽박죽 설득력 없는 이야기로 가득

채워지리라는 건 자명한 이치다.

누구나 남의 일에 참견하고 조언하기를 좋아한다. 자신의 처신을 바르게 하지 못하는 사람이라 할지라도 남의 일에 대해서는 '그건 이렇게 하는 게 맞아. 이건 저렇게 하는 게 맞고' 주절주절 마치 자신의 일인 양 떠들어대는 것이다. 남에게 조언하고 훈수를 두는 일은 참으로 부담 없고 즐겁고 신나는 일이라는 걸 우리는 안다. 모든 가능성을 열어두고 이야기할 수 있는데다가 정작 자신은 아무런 책임을 지지 않아도 되기 때문이다. 이 세상에 책임을 지지 않아도 좋은 일만큼 가뿐하고 홀가분한 일은 없다.

나는 태생적으로 무책임한 성격을 지닌 인물인 까닭에, 어려서부터 남의 일에 참견하고 조언하기를 좋아했다. 한마디로 남의 잔칫상에 감 놔라 배 놔라 하며 떠벌리고 다녔다는 소리다. 그러면서도 정작 나 자신은 남이 나에게 어떤 식으로든 조언을 던지는 걸 싫어했다. 그냥 싫어한 것도 아니고 극도로 싫어했다. 마치 나라는 인간은 너무나 완벽해서 그 누구의 어떤 조언도 필요 없다는 듯이 말이다. 편견과 아집으로 똘똘 뭉쳤지만, 정작 뒤돌아보면 부끄럽기 짝이 없는 존재가 바로 나다. 물론 그런 성향은 아직까지도 전혀 개선되지 않았다. 대책 없는 참견 중독자이자 별수 없는 '조언 성애자'인 것이다.

'나에게 옳은 것은 너에게도 옳은가? 너에게 옳은 것이 나에게도 옳은가?' 누군가에게 조언을 시작하기 전에 나는 이 질문을 나 자신에게 먼저 건네곤 한다. 이 질문을 스스로에게 하고 나면 조언을 하겠다는 생각 자체가 스르르 사라져버리는 걸 자주 경험했기 때문이다.

실제로 가장 좋은 조언은 상대방이 하는 이야기를 열심히 들어주는 것이다. 대부분은 자신에 관한 이야기를 누군가에게 솔직하게 털어놓고 이야기하다 보면 자신이 안고 있는 문제에 대한 답을 스스로 찾기 때문이다. 섣부른 조언을 하려다가 오히려 상대방의 마음을 상하게 하고, 친구의 자존심에 깊은 상처를 주고 오랫동안 쌓아온 우정에 금이 간 경우가 종종 있음을 우리는 알고 있다. 말 한마디가 500달러의 빚을 갚기도 하지만 바로 그 말 한마디가 인간관계를 단칼에 끝내기도 하는 것이다.

아, 내가 조언을 하기 전에 떠올리는 또 한마디의 말이 있다. 영화 〈친절한 금자씨〉에서 주인공 금자 역을 맡은 배우 이영애가 차갑게 내뱉던 한마디. '너나 잘하세요'를 떠올리는 순간 모골이 송연해지며 온몸에 전류가 흐르는 듯한 짜릿한 쾌감이 감돈다. 정말 짜릿한 말이다. 그러니 참아야 한다. 쓸데없는 참견과 조언을.

하지만 위에서도 잠깐 이야기했듯이 남에게 하는 참견과 조언만큼 즐겁고 재미있는 게 없다. 그래서 나는 틈만 나면 어느새 남들에게 참견이나 조언을 해대려고 날뛰고야 만다. '그러니까 내 말만 들어. 내 말을 들으면 네 인생이 달라질 거야!' 게다가 참견이나 조언을 하는 데에는 돈이 들지도 않는 것이다. 그러니 이 얼마나 고상한 취미란 말인가.

'알아, 그놈 때문에 네 마음이 많이 상했을 것 같아. 그런데 이렇게 생각해보면 어떨까? 나라면 말이지……' 또는 '네가 그냥 가만히 있으면 너를 바보라고 생각할 거야. 그러니까 그럴 때는 짱돌이라도 들어서 걔네 집 창문에다가 던져! 절대로 가만히 있으면 안 돼! 다 죽여버려!' 저는 개미 한 마리도 죽이지 못하는 주제에, 남에게 조언할 때는 그 누구도 막지 못하는 독불장군에 절대 권력을 휘두르는 폭군이 따로 없다. 다 죽여버리란다. 그걸 조언이랍시고 해대고 있는 것인지. 하긴 그렇게 마구 말을 뱉어내고 있는 저 자신은 속이 후련하겠지……. '내가 너라면' 그냥 가만히 두지 않고 확 다 죽여버릴 거니까!

그렇게 광분하는 나를 보며 친구가 어느 정도 위안을 얻을 수 있다면 그걸로 다행인지는 모르겠으나. 누군가에게 조언할 생각이라면 그전에 반드시 양치질부터 한 후에 조언을 시작하라는 이야기를 전하고 싶다. 이것이 내가 당신에게 건네는 마지막 조언이다.

나보다 나은 사람에게는
뭔가 특별한 면이 있다

역시 세상엔 공짜가 없는 법이다.
내가 노력을 쏟아부은 만큼만
나무도 자신의 아름다움을 드러내 보인다.

· · ·

나이를 먹으니 한 가지 좋은 점이 생겼다. 그건 바로 나 자신이 그다지 대단한 존재가 아니라는 사실을 인정하게 되었다는 점이다. 젊은 시절의 나는 피카소만큼 유명한 화가가 되고 싶다는 꿈을 꾸던 야망에 불타는 청년이었다. 하지만 이제 와 되돌아보면 오직 야망만 그득했을 뿐 그 야망을 실현하기 위한 노력은 부족했다. 아니, 부족했다기보다는 전혀 노력하지 않았다는 표현이 더 맞을 것이다.

피카소는 아침에 일어나 눈을 뜨자마자 그림을 그리기 시작해서 잠이 들기 직전까지 종일 그림을 그리며 살았는데, 나는 1년에 고작 10점 정도의 그림을 그렸을 뿐이니 누가 더 열심히 그림을 그렸던 것인지는 굳이 따져보지 않더라도 확연히 알 수 있다. 만약에 두 사람의 그림 실력이 대등한 수준이라 할지라도 한 사람은 그림만 그리고 또 다른 사람은 빈둥거리며 놀기만 한다면, 두 사람의 10년 후 모습은 어떻게 달라질 것인가. 20년 후는 어떻고 30년 후는 또 어떨 것인가. 30년 동안 그림만 그린 사람과 30년 동안 놀기만 한 사람 사이에는 어떤 차이가 생길 것인가. 한 사람은 대중으로부터 인정받고 칭송받는 훌륭한 화가가 되고, 다른 한 사람은 재미나게 놀다가 백발이 성성한 사내가 될 뿐인 것이 자연스러운 귀결이다.

한창 《PAPER》를 만들던 시절에 인터뷰할 기회로 가까워진 뮤지션이 있다. 그는 블루스 기타리스트이자 싱어송라이터다. 우리 둘 다 술을 즐겼던 덕분에 20여 년 전 우리는 꽤 좋은 술친구로 지냈다. 그러다가 한동안 연락이 닿지 않아 만나지 못하다가 최근에서야 오랜만에 술잔을 앞에 놓고 마주했다. 어느 정도 취기가 올랐을 때 그가 말했다.

그는 '매일', 매일이라는 이 대목이 중요하다. 어쩌다가 마음이 내키는 '어떤 날'이 아니다. 매일이다. 그러니까 술을 진탕 마시고 만취해 쓰러져서 잠든 다음 날에도 잠에서 깨어나면 비몽사몽 기타를 품에 안는다고 했다. 기타를 품에 안고 다시 잠을 자느냐고? 처음에 그 이야기를 들었을 때는 나도 그렇게 생각했다. 술에 잔뜩 취해도 잠에서 깨어나면 기타를 부둥켜안고 잠들 정도로 기타를 사랑하는구나 생각했다. 그런데 그게 아니었다. 기타를 품에 안기만 하는 게 아니라 연주한다는 것이었다. 그것도 자신이 자주 연주해 이제는 아예 몸에 붙어버린 그런 곡들이 아닌 새로운 곡들……. 그러니까 인터넷 음악방송 채널에서 무작위로 흘러나오는 곡에 슬그머니 끼어들어 리듬을 맞춰가며 즉흥연주를 한다는 것이다. 음악 전문용어로는 잼jam이라고 하는데 주로 재즈와 블루스 장르에서 즐기는 연주법이다. 물론 악보가 따로 없는 것은 당연하다.

그는 기타에 미친 사람임에 틀림없다. 남들 같으면 냉수를 마시고, 세수하고 이를 닦을 시간에 기타를 잡고 연주하다니. 그것도 매일매일 하루도 빠짐없이 한 시간이나 두 시간 정도. 그 뮤지션의 이름은 김목경이다. 그의 기타에서는 특별한 소리가 난다. 매일매일 그의 기타와 손끝에 쌓여온 '시간의 소리'가 난다.

책 만드는 일을, 그러니까 내가 《PAPER》를 만드는 일을 손에서 놓고 난 후로 나는 남산 작업실에 틀어박혀 그림을 그리며 지냈다. 최소한 하루에 4시간씩은 그림을 그리자는 각오로 말이다. (뮤지션 김목경을 오랜만에 다시 만나 술을 마시기 이전부터 시작한 일이다) 한 열흘 정도는 그럭저럭 하루 4시간씩 그림을 그리는 것이 가능했다. 하지만 어느 하루 친구들과 진탕 술을 마신 다음 날에는 손에 붓을 들기가 어려웠다. 아니, 손에 연필을 쥐기도 어려웠다. 그래서 하루 이틀 사흘쯤은 그림을 손에서 놓기 일쑤였다. 어떤 그림을 그리면 좋을까에 대해 생각하며 시간을 보냈다고는 하지만, 그림에 대해 생각하는 것은 생각일 뿐이지 그림을 그리는 것이 아니다. 어떤 일에 대해서 생각을 하는 것과 그것을 실행에 옮기는 것은 차원이 다른 일이다. 어쩌면 그것이 피카소와 내가 근본적으로 다른 점이라는 생각이 든다. 나는 그림을 한 점도 그리지 않으면서도 언젠가는 피카소만큼 유명한 화가가 되리라는 꿈을 꾸고 있었으니, 그것은 꿈이 아니라 착각과 망상이었던 거다.

매일매일 열심히 그림 그리기가 어렵다면, 그림 그리기는 그냥 욕구가 울컥 솟아오를 때만 하기로 했다. 그림 말고 날마다 4시간씩 계속 이어나갈 다른 작업이 뭐가 있을까 생각하다가 우연한 계기로 나무를 만났다. 나무와 사랑에 빠진 것이다. 원목이 지닌 질감과 나뭇결 그리고 저마다의 형태와 빛깔. 그리고 서로 다른 나무가 만나 만드는 즐거운 하모니. 그 작업을 통해 기쁨을 누리고 있다. 요즘 나는 매일 나무를 다듬는다. 날마다 그렇게 작업해온 지 이제 1년이 되었다. 내가 이 작업을 10년 정도만 꾸준히 이어간다면, 나무에 대한 이해가 더 깊어질 것이고, 피카소보다 나무를 더 잘 다루는 사람이 될 것이다. 그렇다면 최소한 어느 한 분야에서는 피카소를 능가할 수 있겠구나 하는 치졸한 생각으로 오늘도 나는 나무를 껴안고 다듬는다.

그런데 재미있는 사실은 나무들 또한 나에게 끝없는 노력을 요구한다는 것이다. 역시 세상엔 공짜가 없는 법이다. 내가 노력을 쏟아 부은 만큼만 나무도 자신의 아름다움을 드러내 보인다. 그러니 노력을 안 할 수가 없다. 조금만 더 노력하면 그만큼 더 아름다운 모습이 나타나니까.

오늘의 BGM
「Nothing compares 2U」 - Sinead O'Connor

나에게 가장 중요한 것은 무엇일까?

인생에서 '무엇이 중요하고,
무엇이 중요하지 않은가'를 가려내는 시험이
가장 중요한 시험이라는 이야기를
어디선가 들은 기억이 난다.
그 말에 공감한다.
나에게 중요한 것은 무엇이고,
나에게 중요하지 않은 것은 무엇인가.

나는 그 질문에 쉽게 대답할 수가 없다.
내겐 모든 것이 중요하기 때문이다.
먹는 것도 중요하고, 자는 것도 중요하고,
숨을 쉬는 것도 중요하고, 똥을 싸는 것도 중요하고,
내가 원하는 걸 이루는 것도 중요하고,
가족도 중요하고, 사랑도 중요하고,
우정도 중요하고, 돈도 중요하고,
명예도 중요하고, 자존심도 중요하고,

나와 관련된 그 모든 것이 중요하다.

그런데 '모든 것이 중요하다'는 말은 곧,
'특별히 중요한 게 아무것도 없다'는 말과
같은 의미일 수도 있다.
여러 가지 목록 중에 special한 것을
가려낼 수가 없다면 special한 것이 없다는 것과
같은 의미가 될 것이기 때문이다.

수많은 중요한 것 중에서
'중요하지 않은 것'을 가려내는 것처럼
힘든 일은 없다.
모든 것이 중요하지 않다고 생각할 수 있다면
정말 뱃속이 편할 텐데……

그럴 수만 있다면
혼자 사는 게 최고다

피와 땀과 눈물 없이 얻을 수 없다.
노력하지 않는 자는 자유를 얻기가 불가능하다.

．．．

20대에는 '결혼하지 않고 혼자 살고 싶다'는 생각이 있었다. 왜냐하면 그 시절 나에게 가장 소중한 가치는 '자유로운 삶' 이었기 때문이다. 뭐 그다지 극심한 압박과 설움 속에서 청소년기를 지나온 것도 아니었는데 어찌된 영문인지 자유로운 삶을 최우선 순위의 목표로 삼은 채로 살고 있었다. 결혼하지 않은 형태로 살아야 죽을 때까지 자유연애를 하며 살 수 있을 거라는 생각을 가지고 있었고 돈이나 성공 그리고 명예와 격식 같은 것으로부터도 완전히 자유롭고 싶었다. 남들의 시선이나 부모의 기대로부터도 자유롭고 그저 하늘의 새처럼 자유로이 날고 싶었다. 리처드 바크의 『갈매기의 꿈』을 읽던 시대였으니까. '가장 높이 나는 새가 가장 멀리 본다'는 영롱한 환상 속에 깊숙이 빠져들어 나의 젊은 날을 홀려보냈다.

결혼할 생각이 없었으니 당연히 아이를 낳을 생각도 없었다. 아이를 낳는다는 건 평생토록 내려놓을 수 없는 커다란 바윗돌을 어깨에 짊어지는 짓이라는 생각이 머릿속에 가득 차 있었다. '나는 절대로 시시포스가 되고 싶지 않아' 하는 말을 매일 아침 가슴에 새기며 살았다. 자유로운 삶이 홀가분하기는 했지만, 조금은 쓸쓸하기도 했다. 하지만 그 쓸쓸함 속에 묘하게 달콤하면서도 쌉쌀한 맛이 숨어 있다는 걸 알고는 내심 흐뭇해하기도 했다. '너희는 모를 거다. 이 비터Bitter하고 블루Blue한 맛을, 쓸쓸하면서도 달달하고 시퍼렇지만 핑크빛이 엷게 감도는 이 맛을!'

하지만 애석하게도 모든 자유에는 대가가 따르게 마련이다. 한 인간이 누리는 자유 역시 피와 땀과 눈물 없이 얻을 수 없다. 노력하지 않는 자는 자유를 얻기가 불가능하다. 자본주의 사회에서 자유를 얻기 위해서는 최소한의 돈이 필요하다. 입에 풀칠이라도 하는 신세라야 비로소 '자유에 대해 말할 수 있는 자격'이 생기는 것이다. 돈도 벌지 않으면서 허구한 날 빈둥거리며 살았다가는 굶어 죽거나, 그 꼴을 보며 참고 인내하며 이를 악물고 견디던 누군가에게 맞아 죽거나…… 둘 중의 하나가 될 확률이 매우 높다는 건 누구나 아는 사실이다.

나는 자유를 절대적으로 신봉하고 숭상했지만, 굶어 죽거나 맞아 죽기는 싫었다. 그래서 당장의 자유를 조금 억압받더라도 일단은 살아남는 쪽을 택하는 것이 현명하다고 생각했다. 잃어버린 자유는 나중에 다시 찾으면 된다고 생각했다. 일단은 목구멍으로 밥이 넘어가야 그다음에 자유도 찾아오고 평화로운 시대도 열린다고 생각했다. 이 세상에 배가 고픈 상태에서도 행복을 느끼는 사람이 몇이나 되랴. 굶어 죽어가는 주제에 희열을 느끼는 사람은 또 몇이나 되랴. 가보지 않은 길이라서 나는 모른다. 그러니 함부로 말할 수 없는 일이기는 하다. 아무튼 나는 살아남기 위해 돈을 벌기로 했다. 돈을 벌어야 먹을 수 있으므로.

군대에서 졸업하고, 학교를 제대하고 난 후에 (재미있으라고 일부러 그렇게 쓴 것임) 자그마한 회사에 취직했답시고 하루하루를 아무렇게나 소모하며 별다른 생각 없이 지내는 모습이 한심하게 보였는지, 어느 날 갑자기 아버지는 나에게 독립해 살 것을 권하셨다. 청천벽력과도 같은 제안이었지만 한편으론 홀가분한 기분이 들기도 했다. 혼자서 독립적으로 살아간다는 것은 남자들의 로망. 나는 겉으로는 우울해하는 표정을 지은 채로 속으로는 콧노래를 부르며 '나만의 공간'으로 들고 나갈 잡동사니들을 꾸리기 시작했다. 눈물이 나면서도 자꾸만 웃음이 나왔다. 어머니가 돌아가시고 1년쯤 후의 일이었나 보다. 아무튼 그렇게 나는 독립생활을 시작했다.

그러니까 독립생활을 시작할 무렵, 나는 막 직장에 몸을 담은 새내기 사회인이었다. 그러니까 매달 월급이라는 걸 받았기에 제 밥벌이 정도는 하는 인간이었던 셈이다. 광화문 한복판에 자리 잡은 고색창연한 건물의 출판사 사무실에 디자이너로 일하며 들락거렸다. 그리고 직장에서 가까운 곳에 거처를 마련하겠다는 생각으로 광화문 인근 삼청동 안쪽에 월세방을 얻기로 했다. (그 시절의 삼청동은 카페나 화려한 레스토랑이라곤 하나도 없던 을씨년스럽고 음습한 느낌의 동네였음을 밝혀둔다) 나는 삼청동이 가진 그 쓸쓸하고 묵직한 느낌을 좋아했다. 책에서 보았던 '파리의 우울'이 그런 느낌이겠거니 상상하곤 했다. 삼청동이 서울의 몽파르나스쯤 되는 곳이라고 여겼던 것 같다.

결혼 이야기를 한다는 것이 그만 이야기가 옆길로 새버렸다. 나이가 들어가면서 생긴 버릇 중의 하나다. 무슨 이야기 하나를 하다 보면 쓸데없는 곁가지의 이야기를 자꾸 덧붙이곤 한다. 처음엔 대나무를 그리려던 것에 자꾸 이리저리 가지를 뻗치다 보니 버드나무를 그리는 꼴이다. 그런 모습이 한심해 보이기도 하지만 더러는 재미있게 느껴지기도 한다.

어쨌든 결혼은 내가 원하는 삶의 선택사항이 아니었다. 그런데 부모님의 우산 아래서 알짱거리며 살다가 덜컥 독립 생활을 하며 지내보니 외롭다는 생각이 나를 잠식하기 시작했다. 그리고 그 외로움을 달래기 위해 술을 마셨다. 술에 취한 상태에서는 외롭다는 느낌이 조금쯤 무뎌지니까. 어떤 날은 외로움이 더 깊어지기도 했으나 그 느낌이 아무렇지도 않게 생각되고 가소롭게 느껴졌기도 했으니까. 사는 게 뭐라고……. 다들 그렇게 산다고 생각했다. 저마다의 길을 따라서 정처 없이 걸어가고 또 걸어가는 것. 그것이 인생이라고 생각했다. 아직 20대 중반의 나이였으므로 나름 호방한 기개를 지닌 시기이기도 했다. 그곳이 어느 곳이 됐든, '내가 가는 곳이 길이다'라고 생각하고 실제로도 그렇게 느꼈던 시절. '인생 뭐 있어? 다 나오라고 그래!'

투병 중인 아버지의 은근한 권유와 4년 동안 끈질기게 이어온 연인과의 사랑의 결실이라는 구실도 있었거니와, 외로움과 싸우느라 이렇게 술을 벗 삼아 지내다가는 자칫 목숨을 잃을지도 모르겠다는 생각 등 여러 요인이 한데 어우러져 결국은 '결혼하자'고 마음먹었다. 그러나 결혼이라는 게 혼자서 결심한다고 해서 이루어지는 것이던가? 그렇지 않다. 결혼이란 반드시 쌍방 간의 합의가 이루어져야 가능한 삶의 형태인 것이다. 나는 나의 연인에게 '우리 결혼하자'는 말을 했고(이벤트 같은 거 없음. 그냥 눈을 보며 진지한 표정으로 말함) 당시의 내 여자 친구였던 지금의 아내는 불안한 눈빛으로 '그래' 하고 대답했다.

그리하여 나는 비로소 '자유의 날개'를 접고 땅 위로 걸어 다니는 삶을 택한 것이다. 이것은 한 인간으로서 당연하고 지극히 자연스러운 선택이라며, 내 안에서 꿈틀거리는 자유의지에게 차분히 설명했다. '결혼이라는 삶의 방식을 통해 너는 지금보다 더 나은 인간으로 발돋움하게 될 거야⋯⋯' 나는 내 심장 소리에 귀 기울이며 조용히 속삭였다. 심장이 씁쓸한 미소를 지으며 낮은 목소리로 대답했다. '발돋움이라고⋯⋯? 우리는 그동안 날아다녔는걸? 기억 안 나?'

나와 내 심장의 대화를 엿들었는지 어쨌는지, 밤새 한 땀 한 땀 손바느질로 직접 지은 웨딩드레스를 입고 작은 꽃다발을 손에 쥔 나의 신부가 옆구리를 쿡 찔렀다. 갈비뼈 언저리에 아릿한 통증이 느껴졌다. 하지만 그 순간 심장은 아무런 통증도 느끼지 않는다는 걸 알았다. 나는 그때부터 결혼이라는 제도가 반드시 '자유로움의 억압'을 의미하는 건 아닐지도 모른다는 막연한 위안을 마치 나 자신에게 최면을 걸

듯 시작했는지도 모르겠다.

사실 이번 이야기에서는 내 아들에 관한 이야기를 하려고 했던 건데…… 결혼과 내 인생관에 관한 이야기를 늘어놓다 보니 이야기가 길어져버렸다. 아들에 관한 이야기는 다음번 글에서 하겠다. 나는 무슨 이야기를 장황하게 늘어놓는 걸 그다지 좋아하는 성격이 아니다. 그러니 너그러이 이해해주기를…….

오늘의 BGM
「축가」 - 송창식

아들이 건네 온
누런 봉투

어쨌든 존경까지 바라지 않더라도
내가 죽을 때까지 아들과 사이좋게 지내다가 죽었으면
좋겠다고 생각한다.

· · ·

얼마 전 내 생일 아침, 아들이 누런 봉투 하나를 내밀었다.

'아버지, 쓰시고 싶은 데에 쓰세요'

그러니까 한마디로 생일 축의금. 아들의 나이가 서른이 넘었으니 그럴 만도 하다 싶으면서도 내심 매우 흐뭇했다. 아들이 현관문을 나서고 난 뒤 일부러 조금쯤 시간을 흘려보내고 슬며시 봉투를 열어보았다. 처음엔 한 50만 원쯤 들어 있겠거니 하고 생각했다. 그랬더니 웬걸? 5만 원짜리 지폐 20장이 봉투 안에 점잖게 자리 잡고 있었다. 이상하게 가슴이 뭉클해지면서 기분이 좋았다.

돌이켜보면 아들이 대학교에 입학한 뒤로 대략 10년 만의 일인 셈이다. 스무 살의 나이를 넘긴 뒤로 10년을 먹여 살린 뒤에야 거두어들인 일종의 보람이었다. 10년 동안 농사

지은 밭에서 풍년이 들면 그때 농부가 느끼는 기쁨에 비할까. 지나칠 정도로 뻐근한 감회에 젖어 지난날을 물끄러미 돌아보았다. 엄밀히 따지면 10년이 아니라 30년 만의 수확이라는 표현이 더 맞는 셈이니, 그 감동이란 말로 형용하기가 어려웠다. 자식 키운 보람이란 게 이런 것이구나. 누런 봉투 안에 든 현금 100만 원이 그동안의 모든 노고를 상쇄하는 느낌, 그만큼의 가치가 느껴지는 돈봉투였다.

게다가 가슴속에 담아두었던 이런저런 이야기를 손 글씨로 적어 내려간 두 장의 편지가 함께 동봉되어 있었다. 그 편지를 읽고 나니, 5만 원짜리 지폐 20장보다 두 장의 편지가 내겐 더 소중하고 고맙게 느껴졌다. 돈이야 어디 가서 땀 흘리며 일하면 벌 수 있지만, 아들이 마음을 담아 쓴 편지는 어디 가서 돈을 주고 살 수 있는 것이 아니었으므로 그 느낌이 그렇게 뻐근했다.

나와 아내는 결혼해 부부로 살면서도 아이는 낳지 않을 생각이었다. 책임지고 싶지 않았기 때문에. 내 몸 하나 지키기도 어렵고 벅찬데…… 어떤 한 생명체에 대한 전폭적이고도 무한한 책임을 져야 한다고 생각하니 그런 책임을 떠안고 싶질 않았던 거다.

이기적인 생각이라면 이기적인 거고, 개인주의적 성향이

강한 거라고 하면 그런 것일 수도 있겠다. 아버지는 늘 나에게 '자신이 맡은 바 책임을 다하라'고 가르치셨다. 귀에 나사못이 박히도록 그 소리를 들으며 자랐다. 그래서 나는 책임이 싫었다. 어떻게 해서든 책임을 피할 수 있도록 부단히 노력하며 살았다. 일명 미꾸라지의 삶.

그것이 내가 아이를 갖고 싶지 않았던 이유였다. '책임지고 싶지 않다'는 생각. 아내의 생각도 나와 다르지 않았다고 기억한다. 그런데 결혼하고 나서 4년쯤 지나 덜컥 아내의 배속에 생명체가 생겨났다는 사실을 알았다. 아내도 인지하지 못하는 사이에 (나로서는 더더욱이나 알 수 없는 일이었고) 아내의 배 속에서 아이가 살기 시작한 지 3개월이 지났다는 사실을 확인했다. 그렇다, 우리는 아기에 대해 좀 무디고 무신경한 부부였다고 말해도 달리 할 말은 없다.

아무튼 아이가 생겼다는 것을 알아버렸고, 우리는 운명이라 생각하며 그 사실을 받아들이기로 했다. 배 속에 아이가 생겼다는 걸 까맣게 모르던 아내는 놀이공원에 가서 롤러코스터를 타기도 하고 비행기를 타기로 하고 그랬다. 우리 아이는 그렇게 온갖 어려움을 견디고 자신을 방어해가며 다행히 잘 자라주었고, 마침내 어느 날 한밤중에 제 몸을 감싸고 있던 양수를 터뜨리며 세상에 태어났다.

아들이 태어나니 실로 막막한 기분이었다. 책임을 져야 하는 일이 생긴 것이다. 그것도 무한 책임. 최소한 20년 동안은 끌어안아야 할 막중한 책임. 뼈가 으스러지는 일이 있더라도 지키고 보호해야 하는 책임. 실로 눈앞이 캄캄해지는 일이었다. 앞으로 어떻게 살아야 하나. 나의 '자유로운 삶'이란 이것으로 종지부를 찍는구나 싶은 기분. 그랬다. 그렇게 비감한 느낌마저 들었다.

비감하기도 했지만 한편으론 나답지 않게 다소 비장해진 것도 사실이었다. 어깨에 무거운 짐 하나가 턱하고 얹혀지니 두 다리에 힘이 바짝 들어가고 다리의 근육이 딴딴해지는 느낌이 동시에 들었다. 그래, 어디 한번 달려보자꾸나. 죽기 아니면 까무러치겠지. 아이가 태어났다고 해서 모든 아빠가 쓰러졌다면, 내 주변에 살아남은 사내가 아무도 없을 것이 아닌가.

갓난아이를 키워가며 살아가는 부부와 그냥 둘이서만 오붓하게 살아가는 부부의 삶은 생활 방식이 달라질 수밖에 없다. 아이를 키우는 부부는 둘이서 극장으로 영화를 보러 가기도 어렵고 사물놀이 공연은 물론이고 클래식 공연이나 연극 공연도 보러갈 수가 없다. 희생이라고까지 표현하기는 그렇지만 최소한 아이를 위해 자신을 양보하고 헌신하는 자세로 하루하루를 살아야 한다. 1년에 365일씩 대략 5년 정도를 그런 식으로 살아야 한다. 일반적으로 그렇다는 이야기다. 예외의 경우가 있다는 건 안다. 우리 부부의 경우가 그랬다는 이야기를 하는 거다.

우리 부부에게는 '아이의 유아성장기'에 남들과는 좀 다른 변수까지 있었다. 아기가 태어난 후로 1년쯤 지났을 때, 내가 잘 다니던 회사를 때려치우고 유학을 떠나기로 결심한 것이다. 나 혼자서 간 거냐고? 그럴 리가! 물론 내가 아내와 아이보다 두세 달쯤 먼저 날아가 거처할 집을 마련하고 학교 문제도 결정하고 나름대로 우리 세 가족이 현지 생활에 적응할 수 있도록 준비를 해두었다. 그렇게 우리 가족은 아이의 유아성장기를 낯선 이국땅에서 보냈다.

우리 부부 사이에 아이가 생겨났다는 것도 낯선 상황이었지만, 생활하는 일상도 낯선 환경이 되니 두 배로 낯설고 특이한 환경 속에서 생활한 셈이다. 나는 거의 놀러 다니다시피 학교에 다녔고 그 밖의 시간에는 아내와 함께 한 살배기 아기를 돌보며 지냈다. 그러니 어쩌면 아기에게는 좋은 시절이었는지도 모르겠다. 아이가 부모와 함께하는 시간이 일반적인 가족에 비해 길었다고 할 수 있으니까.

유학이랍시고 프랑스로 날아가 2년을 놀아재끼다가 백수

가 되어 서울로 돌아와서는 그 후로도 또 1년 동안을 프리랜서라며 흥청망청 돌아다니며 살았다. 그 시절에도 그럭저럭 아들과 많은 시간을 함께하며 보냈던 것으로 기억한다. 아들이 내게 엄지손가락을 치켜세우며 '아빠 최고!'라고 외치던 기억이 아직도 생생하다.

아들과 나는 그렇게 4년 동안 매우 사이좋게 지냈다. 그러니 그 기억은 아마도 아들의 뼛속에 각인되었을 것이다. 물론 그것은 나에게도 마찬가지다. 나는 '우리가 서로에게 그렇다'는 것을 믿는다. 5만 원짜리 지폐 20장이 들어 있는 누런 봉투가 어느 정도는 그 사실을 증명한다고 생각한다. 아주 복잡한 문제들이 사소한 행동으로 증명되는 경우도 더러 있는 법이니까.

내 친구들이나 주변 지인의 경우를 보면, 아버지와 아들 사이의 관계가 그다지 편안하지 않은 경우가 많다. 부자지간의 불화와 반목, 서로 이해하지 못하는 안타까운 상황을 종종 목격했다. 주변의 친구 중에 자신의 아버지를 존경하는 친구들을 만나기도 쉽지 않았다. 나는 운이 좋아서 존경할 수 있는 아버지의 아들로 자랄 수 있었다. 그런 이유 때문인지 나도 아들에게 존경할 만한 아버지의 모습으로 살고 싶었고, 그렇게 살려고 노력해왔다고 말하고 싶다. 그 판단은 아들의 몫이지만 말이다. 어쨌든 존경까지 바라지 않더라도 내가 죽을 때까지 아들과 사이좋게 지내다가 죽었으면 좋겠다고 생각한다.

돌이켜보면 내가 젊은 시절에 '아이를 낳지 않겠다'고 생각했던 것이 치졸한 객기가 아니었을까 싶기도 하다. 왜냐하면 살아오면서 아이가 내 삶의 길잡이가 되었다는 느낌이 들기도 했기 때문이다. 우리 부부 사이에 아이가 있었기에 서로 조금씩 더 서로 배려하고 양보하고 자기주장을 앞세우지 않으며 살 수 있었던 게 아닐까 하는 생각도 해본다. 아무튼 아이를 낳아 기르면서 30년쯤 세월이 흐르고 나니 격정적으로 흐뭇한 일도 생기더라는 이야기를 하고 싶다.

이 글을 쓰다가 책상 옆의 놓인 책 사이에 꽂아둔 '아들의 누런 봉투'를 다시 꺼내어 열어본다. 아직도 여러 장의 지폐가 남아 있다. 얼른 내년의 내 생일이 돌아왔으면 좋겠다. 하하하, 진심으로.

오늘의 BGM

「My boy」- Elvis Presley

오해에 대한 이해

우리는 살면서 이런저런 오해를 한다.
누군가를 오해하기도 하고
누군가로부터 오해를 받기도 한다.
오해를 하거나 받는다는 것은
참으로 가슴 답답한 일이다.

그런데 따지고 보면 모든 오해는
'섣부른 이해'로부터 시작된다.
그러니까 누군가를 이해했다고 생각하는 것에서
오해의 싹이 움트기 시작한다고 볼 수 있다.

우리는 누구나 저마다
나름의 판단력을 가지고 있다.
자신의 관점과 판단력을 바탕으로
다른 사람을 이해하고
그 이해를 바탕으로 오해를 쌓기도 하는 것이다.

누군가를 이해할 수 없다면
오해하는 것도 불가능하다.
'잘못 이해하는 것'이 오해이기 때문이다.
그런 까닭에 우리가 궁극적으로
도달해야 할 이해는
어쩌면 '오해에 대한 이해'라는 생각이 든다.

4장

죽음이라는 이름의
축제

3년씩 잘라서
살기

삶을 3년 단위로 잘라서 살아보는 것도
나름 재미있는 방식이라는 생각이 든다.
마음이 훨씬 홀가분하지 않은가.

· · ·

지난 2014년 이후로 남은 삶을 3년 단위로 잘라서 살겠다고 마음먹었다. 그리고 이제껏 그 방식으로 살아가고 있다. 나는 3년마다 한 번씩 죽는 남자다. 왜 그런 생각이 들었을까. 이제 나이를 어느 정도 먹기도 했거니와 내 형님에게 있었던 일이 나에게 어떤 자극이 되었기 때문이기도 하다.

형님은 폐암 진단을 받았다. '3개월 정도 시간이 남았으니 마음의 준비를 하라'는 말을 담담한 표정의 의사에게 들었다고 한다. 겨우 60대 후반의 나이인데 3개월만 더 살고 죽으라니! 이게 무슨 날벼락인가? 형님은 어이가 없었다고 했다. 영화에서나 보던 이야기를 직접 듣고 겪은 것이다.

형님은 아내와 자식들의 성화에 못 이겨 항암 치료를 시작했다. 그럼에도 상태가 나아지지 않았던 형님은 치료와 투

약을 중단했고, 어차피 3개월밖에 남지 않았다고 하니……
'그냥 내 식대로 하리라'는 결심으로 자연 치유 요법을 공부하기 시작했다. 관련 책을 열댓 권 독파하고 자신이 판단하기에 옳다고 생각한 식이요법을 시작했다. 거의 생식, 자연식 중심의 식이요법과 마음을 평화롭게 하는 심리적 치유를 함께 진행했다고 한다. 의사들이 들으면 죽으려고 환장했냐고 할 법한 일을 실행에 옮겼던 것이다.

그래서 형님이 죽었냐고? 아니, 오히려 멀쩡히 살아났다. 의사가 예상한 3개월의 시간이 지났으니…… 이젠 그만 관뚜껑을 닫고 누워야 할 인간이 아직 살아 있는 것이다. 의사들이 놀라고 MRI 검진 기록이 민망해했다. 형님 스스로 옳다고 판단한 자연 친화적 치유는 계속되었고, 시한부 인생 3개월에서 다시 3개월의 시간이 지난 후 병원에 가서 CT 촬영을 해보았다. 검진 결과 암 덩어리가 기존의 절반만 한 크기로 오그라들어 있었다. 암세포와의 싸움에서 형님이 이긴 것이다. 형님은 암세포보다도 더 독종이다. 자력으로 암세포와 싸워서 이긴 인간. 우리 형님은 그런 어이없는 인간이다.

형님은 그 후로 지금까지 8년이 지나도록 건강하게 잘 지낸다. '3개월 시한부'의 삶을 경험했던 형님을 본 뒤에, 나는 내 삶을 멋대로 3년씩 잘라서 살아보기로 했다. 다시 말하면 내게 시간이 '3년밖에 남지 않았다'는 가정을 하고 그 기간을 산다는 이야기다. 그런 마음가짐이면 '내가 100살까지 살 수 있다'고 생각했을 때보다 삶을 대하는 자세가 좀 더 경건하고 진지해진다고 느꼈기 때문이다.

이 글을 쓰고 있는 현재의 삶이 내게는 두 번째 맞는 '3년의 삶'이다. 올해가 지나면 또다시 3년의 삶이 보너스로 주어질 것이다. 그 3년은 또 그대로 열심히 살아볼 생각이다. 삶을 3년 단위로 잘라서 살아보는 것도 나름 재미있는 방식이라는 생각이 든다. 마음이 훨씬 홀가분하지 않은가. 3년이 지난 후에도 아직 살아 있다면, 그때부터 다시 3주년 계획을 세워서 살면 된다.

언젠가는 이런 삶도 졸업하는 날이 오겠지만. 졸업이야 기쁜 마음으로 받아들여야 할 일이다. 이 생을 졸업하면 그다음 생으로 입학을 하게 될 테니까……. 하여 나는 오늘도 그 3년 중의 하루를 고맙게 살아가고 있다. 가슴속 깊이 감사하는 마음으로.

((()))

오늘의 BGM
「Someday never comes」 - C.C.R

나의 황홀한
버킷 리스트

어느 달빛이 고운 밤에 편안한 얼굴로 자리에 누워
영원히 깨어나지 않는 깊은 잠 속으로 빠져드는 것이
나의 마지막 버킷 리스트다.

. . .

'죽기 전에 꼭 해야 할……' 죽기도 바빠 죽겠는데, 죽기 전에 또 뭔가를 해야 한다니……. 사흘 내내 밤을 새워 마감한 사람에게 내일 아침에 일찍 출근해 사무실 청소를 깨끗이 해놓으라는 말과 무엇이 다르단 말인가. 그래도 죽기 전에 꼭 해야 한다고 하니, 한 번쯤 생각은 해보기로 하자. 다코타 패닝이 주인공으로 나왔던 영화 〈나우 이즈 굿〉에서 죽음을 앞둔 여자아이의 버킷 리스트가 있었는데…… 그게 뭐였더라? 아무튼 그 아이가 적어놓았던 버킷 리스트는 거의 모두 내가 이미 해본 것들이라서 그다지 마음에 와닿지 않았다. 모건 프리먼이 주인공으로 나왔던 영화 〈버킷 리스트: 죽기 전에 꼭 하고 싶은 것들〉에서도 그에게 무슨 버킷 리스트가 있었던 것 같은데, 그것도 기억이 가물가물하다. 아무튼 내가 죽기 전에 꼭 하고 싶은 일이 있다면 무엇일까?

비록 나는 '내일 죽을지도 모른다'는 생각으로 하루하루를 탕진하며 사는 인간이다. 하지만 아직은 얼마간 더 살 수 있을 것으로 가정하고 생각한다면 다음과 같은 버킷 리스트가 있다.

1. 피렌체에서 100일 동안 머무르며 살기

이제껏 여행해본 도시 중에서 가장 마음에 드는 도시를 꼽는다면 피렌체가 유력하다. 에쿠니 가오리의 소설 『냉정과 열정 사이』가 발표되기 훨씬 전부터 좋아했던 도시다. 그 도시에 가서 100일 동안 살아볼 수 있다면 원이 없겠다. (그런데 이건 내가 결심만 하면 실행이 가능한 일 중의 하나라는 생각이 들기도 한다. 100일 동안이라는 시간과 천만 원 정도의 금전적 여유가 있으면 가능한 일이니까) 하지만 그런 생각도 든다. 누군가는 이미 피렌체에서 태어나 100일도 넘게 그곳에서 하루하루 살아가는 사람도 있을 것 아닌가? 일상의 고단함으로 어깨가 축 늘어진 모습으로. 하지만 그 사람은 그 사람이고, 나에게 피렌체에서 100일 동안 지낼 기회가 온다면 매일매일 행복할 것 같다. 그곳에서 교통사고를 당하거나 폐렴에 걸리지만 않는다면 말이다.

2. 히말라야 트래킹

많은 사람이 꿈꾸는 것이기도 하고 이미 다녀온 사람들도 많으므로 이런저런 세세한 설명은 패스. 다만 위대한 대자연 앞에 서서 내 인생을 뒤돌아보며 나라는 존재가 그저 먼지 알갱이 하나에 지나지 않는다는 그 구체적 뼈저림의 느낌을 맛보고 싶을 뿐이다. 그래서 한 번쯤 꼭 가보고 싶다. 휠체어를 타고 가려면 남의 도움을 받아야 하니까. 아직 육신이 건강할 때 말이다.

3. 산티아고 순례길에서 빈둥거리며 놀기

막상 그곳에 가면 생각이 변할지도 모른다. 어슬렁거리며 한 일주일쯤 순례길을 걷다가 내 마음에 드는 알베르게(산티아고 순례길 곳곳에 마련된 숙소)를 발견하면 그곳에서 3개월쯤 머무르며 지내다가 나머지 구간은 버스를 타고 나와 집으로 돌아오고 싶다. 그곳에 머무르며 종일 걷고 또 걸어서 녹초가 된 사람들을 구경하며 지내다가 돌아오고 싶다는 이야기다. 매일 저녁 내가 직접 만든 음식을 그들과 나누어 먹고 싸구려 와인을 물 마시듯 마시며……. 그중에 마음이 끌리는 얼굴을 가진 사람이 있다면 그의 초상화를 그리고 싶다. 두 장을 그려서 한 장은 그 사람에게 주고, 한 장은 내가 가지면 좋겠다.

집으로 돌아와서는 그곳에서 만난 사람들과의 이야기를 모아 초상화 전시회를 열거나 책으로 엮고 싶다. 왜 그런 짓을 하고 싶은 건지는 모르겠으나, 나는 그 짓을 하고 싶다. 그곳에서 어떤 사람들을 만나게 될지 궁금하니까. 그리고 잠은 알베르게 말고 근처에 텐트를 치고 자고 싶다. 날마다 밤 하늘의 별을 보면서…….

4. 나의 삶을 마감할 오두막 짓기

평생 염두에 두고 생각해온 것은 '잘 죽는 일'이다. 이루어지면 좋고 이루어지지 않아도 어쩔 수 없지만…… 내가 꿈꿔온 일 중의 하나는 죽기 전에 나 자신을 모두 비우는 일이다. 어차피 내 영혼이 나의 육신을 떠나고 나면 손안에 쥐고 있던 모든 것을 놓아버리게 될 것이 뻔하지 않은가. 그것은 마치 밤이 지나면 아침이 오는 것과도 같이 분명한 일이므로, 아직 내 목숨이 붙어 있을 때 내가 가지고 있는 모든 것을 정리하고 비우는 일을 해내고 싶다.

언제쯤이 될지는 모르겠으나 내 육신이 많이 쇠약해졌다는 걸 자각하는 시기가 오면, 나는 사람의 발길이 닿지 않는 깊은 산속 조그마한 오두막집을 하나 장만할 생각이다. 살림

살이라곤 밥그릇 하나와 작은 탁자 하나 그리고 방 한 칸이 전부인 그런 집. 숲속의 빈집으로 들어가서 하루하루 조용히 소일하며 지내는 삶. 바람을 벗 삼아 구름을 벗 삼아 나지막이 소리 내어 노래를 부르고 글을 쓰고 그림을 그리며 그렇게 하루하루를 살다가, 어느 달빛이 고운 밤에 편안한 얼굴로 자리에 누워 영원히 깨어나지 않는 깊은 잠 속으로 빠져드는 것이 나의 마지막 버킷 리스트다.

세상을 조용히 빈손으로 떠나갈 수 있기를 바라는 소박한 꿈. 그 꿈이 이루어지는 날을 생각하면 나도 모르게 행복해져서 흐뭇한 미소가 떠오른다. 덧없어서 참으로 고마운 삶.

오늘의 BGM
「현악 6중주 1번/2악장」 – 브람스

경험한 것이 많아질수록
편견도 그만큼 늘어난다

우리가 가능한 한 순수하고
맑은 영혼을 지닌 생명체로 살기 위해서는
직접경험과 간접경험을 줄이는 것이 좋다.

. . .

사람은 자신이 실제로 본 것과 경험한 것만 믿는 습성이 있
다. 어쩌면 그것은 당연한 일이기도 하다. 내가 본 것이나 경
험한 것을 믿지 않는다면 도대체 무엇을 믿을 수 있을까. 먹
어본 사람이라야 간장인지 콜라인지를 알 게 아닌가. 빛깔만
보고 간장인지 콜라인지를 속단하는 것은 섣부른 일이다.

우리는 다양한 경험을 해본 사람일수록 현명한 판단력이
있을 거라고 은근하면서도 굳건하게 믿는다. 경험이 많으니
까 올바른 판단을 하겠지…… 라는 믿음. 그런데 문제는 이
런저런 경험이 많은 사람일수록 편견도 그만큼 비례해 늘어
난다는 것이다. 자신이 본 게 많고 경험한 것이 많으니까, 자
신이 옳다고 믿는 것이 그만큼 많아진다는 이야기다. '내가
아는 한, 이것이 옳다'는 생각과 '언제나 이것이 옳고, 이것이

정답이다'라는 생각이 바로 편견이다. 편견이 중첩되어 겹겹이 쌓이다 보면 그것은 고정관념이 되기도 한다. 한마디로 말해 빼도 박도 못하는 막무가내 꼴통이 되는 것이다.

어린아이에게는 편견이 없다. 왜일까? 보고 경험한 것이 거의 없기 때문이다. 그만큼 머릿속이 맑고 깨끗하니까 편견의 실마리를 찾으려야 찾을 수가 없다. 그래서 그들에게서는 상식과 편견을 깨는 말들이 불쑥불쑥 튀어나오는 것이다. 아이에게는 '반드시 이래야만 한다'는 강박이 없다. 경험이 없기 때문이다. 뜨거운 물에 손을 넣어본 경험이 없기에 뜨거운 물에 슬그머니 손을 집어넣는 것이다. 뜨거운 물에 한번 데어본 사람이라면 절대로 하지 않을 짓을 그들은 아무렇지도 않게 한다. 그것이 얼마나 뜨거운지를 모르니까. 빨간색 물감도 손으로 찍어 먹어보고 고추장도 손가락으로 찍어 먹어본다. 빨간색이니까. 자극적인 색이니까.

뜨거운 물이 뜨겁다는 것과 고추장이 맵다는 것을 알아가는 것은 일종의 학습이다. 어떤 것에 대해서 파악하고 판단하는 능력이 향상되는 학습 말이다. 그 학습을 통해 어떤 그릇에 담겨 있는 물이든 수도꼭지에서 나오는 물 또는 욕조에 담겨 있는 물이 뜨거울 수도 있다는 걸 경험을 통해 알 수 있다. 그것은 단 한 차례의 경험일 뿐이다. 하지만 한번 그 '뜨거운 맛'을 보고 나면 어떤 그릇에 담긴 물을 볼 때마다, '혹시 뜨거운 물일지도 모른다'고 경계심을 품는 셈이다. 자라를 보고 놀란 가슴 솥뚜껑을 보고 놀라는 격이다.

우리는 살아가면서 경험하는 것보다 경험하지 못하는 것이 훨씬 더 많을 것이 뻔하다. 하지만 우리는 직접 경험하지 못한 것을 마치 자신이 경험한 사실인 양 착각하는 경우가 종종 있다. 다른 사람에게 전해 들은 이야기를 마치 자신이 경험한 일인 양 생각하는 사람도 있고, 책에서 읽은 이야기를 마치 자신이 직접 겪은 일로 착각하는 사람도 있다. 그러니까 간접경험이 직접경험 위에 교묘하게 겹쳐지는 셈이다.

설악산 근처에도 안 가본 사람이 마치 히말라야 등반을 다녀온 듯이 이야기를 하고, 동해에도 한번 들어가 본 적 없는 사람이 지중해에서 헤엄을 치다가 온 것처럼 이야기하는 격이다. 한 번도 총을 만져본 적 없는 사람이 사격 이야기를 하고, 아이를 낳아 키워본 적도 없는 사람이 육아 문제에 관해 이야기를 늘어놓는 꼴이다. 이 얼마나 어불성설이요, 언감생심의 사태란 말인가. (사실 내가 뭔가 있어 보이는 듯한 한자성어를 이런 대목에서 사용하는 것도, 모두 그런 어설픈 학습과 간접경험으로 말미암은 병폐다. 이는 마땅히 타산지석의 모델로 삼아야 한다)

우리의 뇌는 간접경험을 '직접경험화' 하는 과정에서 오류를 저지른다. 모든 해석과 번역에서 오류가 있듯이 의식의 흐름에도 오류가 있다. 그런 오류의 조각이 두뇌의 이곳저곳에 들러붙기 시작하면 그것들이 서로 융합해 편견을 형성하리라는 것이 나의 비논리적인 분석이고 판단이다. (이런 생각 또한 일종의 편견이라고 볼 수 있다)

그러니 우리가 가능한 한 순수하고 맑은 영혼을 지닌 생명체로 살기 위해서는 직접경험과 간접경험을 줄이는 것이 좋다. 어쩌다가 어떤 일을 경험하더라도 그것에 대한 인식을 까맣게 잊어버리는 것이 좋다. 망각은 나의 힘. 짧게 단순명료하게 이야기해서 '바보'가 되란 소리다. 뜨거운 물에 손을 집어넣어, 한번 뜨거운 맛을 본 후라 할지라도 바보들은 그 소중한 경험을 금세 잊어버리고 또다시 뜨거운 물에 손을 집어넣는다. 그들에게는 '뜨거운 것은 반드시 뜨겁다'는 편견이 없다. 한번 경험을 했음에도 그것이 경험으로 기록되고 기억되지 않기 때문에 그들은 또다시 뜨거운 물에 손을 넣을 수 있다. 무슨 헛소리를 하는 거냐고? 그건 아마도 내가 바보라서 그럴 터이다.

바보가 되는 것이 정 힘들고 불편하다면 하루에 30분 정도라도 '멍 때리는' 시간을 갖도록 권하고 싶다. 모든 잡념이 사라진 상태로 멍 때리는 순간에는 우리가 지닌 모든 편견이 희석되고 증발한다. 아무런 욕심도 없고 판단력 자체가 소멸되는 상태. 매일매일 일정한 때를 정해놓고 그렇게 멍 때리며 살다 보면, 지끈거리던 두통이 사라지고 만성 소화불량 증세로부터 해방되는 쾌감을 맛볼 것이다. 더도 덜도 말고 딱 열흘 동안만 지속해보라. 그랬는데도 당신이 아무런 변화를 느끼지 못한다면, 내 손에 장을 지질 용의가 있다.

멍 때리는 행위는 일종의 명상이자 참선의 경지에 도달하는 통로와 같다고 보는 것이 나의 관점이다. 실제로 명상하거나 참선 수행 중인 분에게는 죄송하지만 깊숙이 잘 때린 한 차례의 '멍'은 열 번의 명상이나 참선이 전혀 부럽지 않다. 우리에게 '현자 타임'이 소중한 것도 그런 이유와 일맥상통한다.

자신이 지닌 모든 편견에서 벗어나면 벗어날수록 의식이 자유로워지고 마음이 편안해진다. 세상의 모든 사물과 대상이 아름답고 사랑스럽게 보이기 시작한다. 그런 당신을 세상 사람들이 바보라고 부를지언정. 마음이 평안해지는 것은 분명한 사실이다. 나의 오랜 경험을 통해 쌓은 굳건한 편견에 손을 얹고 진지하게 말하건대, 틈나는 대로 멍 때리며 생활한다면 그 생활 방식을 통해 당신은 자유와 평화로움을 얻게 될 것이다.

온갖 잡다하고 소란스러운 생각을 모두 비어내어 머릿속을 일급 청정 지역으로 만드는 일은 정말로 황홀한 일이다. 많은 시간과 공을 들여 해볼 만한 일이라서 적극적으로 추천하고 싶다.

비우면 비울수록 행복해질지니……. 우리 다함께 머리가 가벼운 사람이 됩시다!

오늘의 BGM
「The Fool on the Hill」 - The Beatles

내가 아는 건 내가 모른다는 것뿐이다

소크라테스가 말했다.
'내가 아는 건 내가 모른다는 것뿐이다'
아니, 아무것도 모른다면서
자신이 '모른다'는 사실은 어떻게 아는 걸까?
'모른다'는 사실을 알고 있으므로,
아무것도 모르는 것은 아니지 않은가.
아닌가?

소크라테스는 '너 자신을 알라'라는 말도 했는데,
그럼 난 내가 누구인지를 모르고 있는 걸까?
내가 아는 게 모른다는 것뿐이라면,
내가 나라는 건 또 어찌 알 수 있겠는가?
생각하질 말아야지, 생각하기 시작하면
이건 좀 골치 아픈 문제다.

넌 어디로
가고 싶니?

인생, 살아보니 그렇다. 맨입으로 되는 일이 하나도 없다.
희망을 품지 않으면 오늘이 즐겁지 않고,
꿈꾸지 않으면 내일이 기다려지지 않는다.

. . .

'넌 꿈이 뭐니?' 내가 처음 만나는 젊은 친구들에게 묻곤 하는 질문이다. 질문을 받은 대부분 청년은 난처한 표정으로 멋쩍은 웃음을 지으며 '글쎄요' 짧은 대답으로 대충 얼버무리는 경우가 많다. 그들에게 아예 아무런 꿈이 없었던 건지, 아니면 처음 본 아저씨에게 그런 이야기를 늘어놓고 싶지 않아서였는지는 알 수 없지만. 아무튼 자신의 꿈을 시원스럽게 이야기하는 청년을 만나기란 쉽지 않은 일이었다.

젊은 시절에 나를 만나 그 난처한 질문을 받고 나서도 아직도 나와 친하게 지내는 어떤 친구가 그런 말을 했다. '제발 애들한테 그런 것 좀 물어보지 마세요. 애들이 싫어한다고요' 꿈이 뭔지 궁금해서 물어보는 건데 그 질문이 싫다니…… 그게 대체 무슨 소리인가? 네 꿈이 뭐냐는 질문은 마치 '너 어느 동네에 사느냐'는 질문과 유사한 질문이 아닌가. 그걸 궁금해하는 것이 상대방을 난처하게 만드는 일인 걸까? 아니면 '아, 지나친 관심을 꺼주세요. 필요 없다고요!' 그런 반응이라고 봐야 할까?

그런 게 아니라면 '아무리 생각해도 내 꿈이 뭔지를 모르겠고, 가만히 생각해보니 내가 꿈 같은 걸 가지고 있지도 않고……' 그래서 불편한 건가? 그렇다면 '현재로선 저는 아무런 꿈을 가지고 있지 않습니다' 하고 대답하면 될 일이 아닌가. 그게 뭐 그렇게 난처하고 부끄러운 일이라고. 혹시 세상이 꿈꾸도록 가만히 내버려두질 않아서 그런 걸까?

희망이 없는 사람에겐 미래가 없다. 꿈꾸지 않는 자에겐 내일이라는 시간의 의미가 없다. 이 말이 맞는 말인가? 아닐걸? 아무런 희망이 없어도, 꿈꾸지 않아도 내일은 온다. 시간이 흐르면 저절로 오는 게 내일이기 때문이다. 희망 없이 살아도 미래는 온다. 어차피 이래도 올 미래, 저래도 올 내일. 이왕이면 희망을 안고 살아보는 게 좋지 않을까? 꿈을 꾸며 내일을 기다리는 일은 즐겁고 신나는 일이니까. 그 자체만으로도 오늘이 활기차고 흐뭇해질 테니 말이다. 그래서 난 없는 희망도 억지로 끌어다 앉히고, 희미한 꿈도 데려다가 짜장면이라도 한 그릇 먹이는 편이다. 오늘 짜장면을 먹여줘야 언젠가는 그놈들에게 탕수육을 얻어먹을 수 있는 날도 오는 것이다.

인생, 살아보니 그렇다. 맨입으로 되는 일이 하나도 없다. 희망을 품지 않으면 오늘이 즐겁지 않고, 꿈꾸지 않으면 내일이 기다려지지 않는다.

오스카 와일드가 그런 이야기를 했다는 걸 어느 영화의 한 대목에서 얻어들었던 기억이 난다. '꿈은 충분히 커야만, 시야에서 놓치지 않을 수 있다' 맞는 말이다. 깨알같이 작은 꿈은 시야에서 종종 사라질 테니까. 그러니 꿈은 야무질수록 좋다. 꿈이 좀 야무지다고 해서 세금을 더 내야 한다거나, 남들에게 손가락질을 받는다거나 그럴 일은 없지 않은가. 꿈꾸는 일은 그 자체로 이미 즐겁다. 그러니 꿈꾸는 일을 게을리하거나 피할 필요가 없다. 게다가 다들 알다시피 대부분의 꿈은 깨지기 마련이다. 꿈은 깨라고 있는 거니까. 그런데 진짜 불가사의한 일은 매일 아침 눈만 뜨면 깨지는 꿈이, 꾸준히 이를 악물고 끈질기게 꾸다 보면 언젠가는 그 꿈이 이루어지기도 한다는 것이다.

어떤 사람은 불가능한 일을 가능하게 하고 또 어떤 사람은 충분히 가능한 일을 불가능하게 한다. 그 둘 사이에는 어떤 차이가 있는 걸까? 생각의 차이. 그리고 간절함의 차이.

그리고 생각해보라, 꿈을 꾸지도 않는데 어떻게 그것이 이루어지겠는가? 그건 마치 밥을 먹지도 않으면서 배가 부르기를 원하는 것과 무엇이 다르단 말인가.

캘리포니아에 가고 싶어 해야 캘리포니아에 갈 일이 생긴다. 언젠가는 그날이 온다. 캘리포니아에 가고 싶어 하며 매일매일 꿈꾸다 보면, 언젠가는 캘리포니아에 갈 수 있다. 왜냐하면 캘리포니아는 비행기만 타면 갈 수 있기 때문이다. 런던도 그렇고 파리도 그렇고 로마도 그렇고 베를린도 그렇다. 히말라야도 그렇고 킬리만자로도 마찬가지다. 그곳으로 가고 싶어 하며 밤낮으로 노래를 불러야 갈 수 있다. '캘리포니아의 꿈'은 노래를 부르는 사람에게 캘리포니아로 갈 수 있는 우선권을 주기 때문이다.

오늘의 BGM
「Califonia dreaming」 - Mamas & Papas

내 분야에서 최고가 되고 싶다는 욕망

자신이 최고의 존재가 아니라는 사실을
깨닫기까지는 의외로
꽤 오랜 시간이 걸린다.
어떤 사람에게는 평생이 걸리기도 한다.
하지만 어쩌면 그 사실을 깨닫는 데에 걸리는 시간이
길면 길수록 좋을 수도 있다.
최고의 경지에 이르러 머무는 시간이
짧기 때문이기도 하거니와
최고의 지점을 향해 가는 그 과정에서
발견하는 소소한 즐거움을
오랫동안 맛볼 수 있기 때문이기도 하다.

목적지에 도달하는 것보다는
그곳으로 향하는 과정을 즐기는 것이
더 현명한 방법이라는 생각이 든다.

세상의 모든
꼰대들에게 고함

그대들이 어디 가서 꼰대 소리를 듣지 않으려거든
지갑은 열고 입은 다물라.
그리하면 아무도 그대를 꼰대라 부르는 자가 없을지니.

． ． ．

나는 나이를 많이 먹은 편에 속하므로 일단 꼰대로 분류하는 것이 가능하다. '꼰대'라는 용어는 '나이를 많이 먹은 어른'을 지칭하는 은어로 사용하므로 나 같은 경우는 충분히 꼰대의 자격이 있다. 그렇다면 누구나 나이를 많이 먹으면 저절로 꼰대가 되는가? 결론은 '그렇다'일 확률이 매우 높다.

나이를 많이 먹은 늙수그레한 어른을 꼰대라 부르는 것이라면, 인간은 누구나 해마다 한 살씩 나이를 먹는 것이니 결국엔 모든 인간이 꼰대가 될 수밖에 없다. 어린아이가 자라청년이 되듯이 청년도 나이를 먹으면 어느덧 꼰대가 된다는이야기다. 지금은 나이를 잔뜩 먹은 노인네도 예전엔 청년이던 시기가 있었고, 그보다 더 어렸을 적에는 소년이고 어린아이였던 것이다. 그리고 보면 결국엔 경험의 축적이 꼰대를 만드는 것인지도 모른다. 고달픈 인생을 살아내느라 쌓이고 쌓인 통증과 그 상처와 그 억울함이 꼰대를 만드는 것인지도 모른다는 생각이 든다.

꼰대의 특성 중의 하나는 고집이다. 자신의 방식이 옳다고 믿는 무쇠와도 같이 굳건한 믿음. 그저 단순히 자신의 방식이 옳다고만 믿는 것이 아니라, 다른 사람의 생각은 다 틀렸고 자신의 생각만이 옳다고 믿고 그것을 우기는, 확신에 찬 단단한 머리통의 믿음. 자신의 경험을 바탕으로 한, 또는 어디서 주워들은 것에 대한 맹목적인 믿음을 진리라고 우기는 것이다. 그런데 꼰대가 가지고 있는 가장 골치 아픈 특성 중의 하나는 자신만 그렇게 믿고 그냥 조용히 살면 좋을 텐데 그걸 길길이 날뛰며 자기 주변의 사람에게 무작위로 쏟아붓는다는 점이다. 그러니 그런 꼰대 때문에 여러 사람이 피곤해지는 것이다.

나도 알고 너도 알고 꼰대들도 아주 잘 알고 있듯이⋯⋯ 세상이란 그렇게 단순한 시스템으로 돌아가는 것이 아니다. 국가마다 저마다의 입장과 처지가 다르고 각 지역이나 단체마다 그 요구 사항이나 목표로 삼는 지향점이 다르게 마련이고 또 개인마다 저마다의 특성과 개성, 스타일과 취향이 천차만별 서로 조금씩 다 다르다. 손가락 지문이 똑같은 사람이 하나도 없듯이 그 성향이나 삶을 대하는 자세가 똑같은 사람은 세상 어디에도 없다. 현상이 그러하거늘 자기 말만 옳고 남의 말은 다 틀렸다고 우기는 사람이 있다면, 얼마나 골치가 아프고 짜증이 나겠는가? 그런 인간들 좀 없으면 좋겠다. 아니, 그런 인간들 좀 안 보고 살 수 있으면 좋겠다.

정말 그런가? 그런 인간들 좀 안 보고 살면 좋겠는가? 그렇다면 제일 먼저 나부터 사라져야겠군! 그런데 내가 지금 여기서 당장 사라지면, 내가 하려던 이야기는 누가 마무리하려나. 그러니 그런 이유에서라도 나는 지금 당장 사라지기는 좀 곤란하다. 과연 나는 꼰대가 맞다. 제 말만 옳다고 바락바락 우기는 걸 보면 영락없는 꼰대가 맞다. 다른 사람들이 내가 사라지기를 원하며 그것이 좋다고 말한다면, 그냥 조용히 사라져주면 될 것 아닌가? 그게 자신에게도 좋은 일이고 모두를 위해 좋은 일이다. 하지만 그래도 난 하려던 이야기를 마저 해야겠다.

꼰대가 뭘 어쨌다고 꼰대를 못 잡아먹어서 안달들인가? 왜들 그렇게 못살게 구는 거냐, 도대체. 너희가 그토록 싫어하는 꼰대가 없었다면, 오늘날의 대한민국이 있기나 했을까? (영락없는 꼰대 어투) 너희가 누구 때문에 입에 풀칠이라도 하고 사는 줄 아느냐? (어르신! 요즘 아이들은 입에 풀칠 같은 거 안 하고 햄버거를 바르거나, 피자를 문지르거든요?) 너희 부모가 불쌍하다, 이놈아! (우리 아빠가 뭐? 우리 엄마가 왜? 뭘 어쨌길래? 우리 엄마 아빠랑 아는 사이예요? 아, 짜증나!) 너 몇 살이야, 인마! (몇 살인지 알면 뭐하시게요? 소개팅이라도 시켜주시려고요? 됐거든요?)

도대체가 말이 통하지 않는 분위기. 하지만 내가 꼰대를 옹호하려고 하는 이야기가 아니라…… 꼰대의 이야기도 잘 새겨 듣다 보면 그들이 하는 백 마디의 말 중에 두세 마디 정도는 쓸 만한 말이 있다는 거다. 물론 그 두세 마디의 쓸 만한 말을 건져내기 위해서는 백 마디 남짓한 쓸데없는 이야기를 들어야만 한다는 고충이 뒤따르기는 하지만. 아무튼 그들이 처음부터 끝까지 전혀 쓸데없는 이야기만 하는 건 아니라는 거다. 어쨌든 서로 다른 입맛과 취향을 가진 사람들과 어울려 살아야 한다는 건 참 어려운 일이다.

지난 몇 년 동안 라디오 방송국에 초대 손님으로 출연한 답시고 들락거리다가 알게 된 선배가 내게 그런 말을 했다. '나이를 먹으면 입은 닫고, 지갑은 벌리는 게 좋은 거래' 너무나 감격스러울 정도로 공감이 갔기에 뇌리에 콱 들어와 박혔다. 자신의 의견이나 생각은 손톱만큼도 내세우지 않고 언제 어디를 가든 늘 밥값과 술값 계산을 도맡아서 하는 선배가 있다고 가정해보자. 어떤 후배인들 그 선배를 좋아하지 않으랴? 그러니 사랑하는 나의 후배들이여, 그대들이 어디 가서 꼰대 소리를 듣지 않으려거든 지갑은 열고 입은 다물라. 그리하면 아무도 그대를 꼰대라 부르는 자가 없을지니.

오늘의 BGM
「Young boy blues」 - Ben E. King

소유에
대하여

시간이란 소유하는 것이 아니라 그것에 내가 몸을 맡겨야 하는 것이므로
시간이 나를 소유하고 있다고 말하는 게 옳은 표현일 것이다.

. . .

인간에게는 소유에 대한 욕망이 있다. 깊은 깨달음의 경지에 도달한 현자를 제외한 모든 인간에게 소유욕이 있다. 어쩌면 이미 깨우친 이에게도 '무소유'에 대한 소유욕이 있을지도 모른다. 무소유인 상태를 유지하고 싶은 마음. 그런 마음조차 없다면 진정한 무소유의 경지라 할 수 있겠다. 자연 속에서 자연의 흐름에 몸을 맡기고 살아가는 모든 생명체에겐 소유욕이 없다. 그들에겐 오직 살아남고자 하는 원초적 본능이 있을 뿐이다. 어쩌면 그들은 자신들이 소유할 수 있는 게 아무것도 없다는 걸 이미 아는 존재인지도 모른다.

내가 머무는 남산 자락 작업실 부근을 배회하는 고양이들만 봐도 그렇다. 그들은 뭔가를 바리바리 싸들고 다니는 법이 없다. 어딘가에 먹을 것을 숨겨두는 법도 없다. 뭔가 먹을 게 생기면 먹고, 먹을 게 없으면 그냥 웅크리고 앉아서 배고픔을 참는다. 주로 들락거리는 경로가 있는 것으로 보이기는 하지만 특별히 한 곳을 정해놓고 그곳을 주거지로 삼는 법도 없다. 집도 절도 없는 떠돌이의 삶.

나는 물질에 대한 애정과 집착이 남들보다 유난스러운 편이다. 그런데 무슨 값어치가 있고 또는 투자가치가 있어서 그것을 소유하려는 것이 아니라, 그냥 물건 자체에 관한 관심과 애정 그리고 미련 때문에 일단 내 손안에 들어온 물건은 쉽게 버리질 못한다. 산책길에서 주워온 작은 돌멩이나 나뭇가지부터 우연히 들른 작은 가게에서 산 물건들에 이르기까지. 무슨 고장 난 시계나 카세트 플레이어, 카메라 등 오래된 생활용품…… 40여 년 전 샀던 잡지들에 이르기까지. 심지어는 요즘은 어디 가서 구경하기도 어려운 하늘색 비닐우산도 먼지가 잔뜩 쌓인 채로 보관하고 있다. 딱하고 기가 찰 노릇이다. 실로 우리 집은 침실이든 거실이든 부엌이든 베란다에 이르기까지 집 전체가 하나의 고물상이라고 해도 과언이 아닐 정도로 잡동사니의 천국이다. 금덩어리와 다이아몬드를 제외한 모든 것이 우리 집에 다 있다고 보면 된다. 그야말로 없는 게 없다. 살아 숨 쉬는 박물관이라고나 할까? 나의 작업실은 또 어떤가? 집보다 더 심했으면 심했지, 절대

덜하지는 않다.

아무것도 버리지 못한다는 것은 정말로 심각한 문제다. 나도 그 심각성을 어느 정도는 알고 있다. 하지만 무엇을 안다는 것과 그 문제를 해결하기 위해 실제로 움직인다는 것은 전혀 다른 차원의 문제다. '생각한다'는 것은 몸을 움직이지 않고도 할 수 있는 일이지만, '실행한다'는 것은 몸을 움직여야 하는 것이므로 차원이 아예 다른 문제다. 생각하는 것만으로 모든 일이 이루어진다면, 우리가 애써 몸을 움직일 필요가 뭐 있겠는가?

어쨌든 아무것도 버리지 못한 채로 살아가는 한 사내가 있다. 아무것도 버리지 못한 채로 평생을 살아온 그의 말로는 과연 어떻게 될 것인가? 나도 그게 궁금하고 한편으론 내 아들에게 조금은 미안한 생각이 드는 것도 사실이다. 내가 세상을 떠나고 나면 주인을 잃어버린 모든 잡동사니는 어떻게 될까? 그 생각만 하면 온몸에 소름이 돋는다. 이건 이래서 소중하고 저건 저래서 버릴 수 없었던 것들……. 그러나 그 물건들이 누구에게도 소용없고 아무짝에도 쓸모없다면……. 그것은 결국 모두 재활용 분리배출의 대상들……. 아주 명쾌하다. 그렇다면 나는 평생 쓰레기 더미를 끌어안고 살아왔단 소리란 말인가? 사고의 흐름이 정상적인 사람들은 그렇다고 대답할 것이다.

존 레넌이 신었던 슬리퍼, 엘비스 프레슬리가 썼던 머리빗, 헤밍웨이가 사용했던 만년필…… 뭐 그런 물건들은 어째서 몇억 대를 호가하는 가격으로 경매장에서 팔려나가는가? 레넌이 쓰던 거니까, 프레슬리가 쓰던 거니까, 헤밍웨이가 쓰던 거니까 그렇겠지. 나한테도 30년 가까이 신어온 실내화와 내 기다란 머리카락을 자를 때 쓰는 가위, 그리고 즐겨 사용하는 온갖 종류의 펜들이 있는데……. 그것들이 경매장에서 판매될 일은 없을 터이다. 결론은 재활용 분리배출 또는 일반 쓰레기. 내가 오랫동안 소중하게 간직해왔던 물건들이 버려지는 장면을 떠올리면 가슴이 쓰라리다. 하지만 어쩌랴, 그것이 삶인걸.

우리 시대의 아이콘 스티브 잡스는 세상을 떠나기 전에 이런 메시지를 남겼다.

> 배 굶지 않을 정도의 돈만 벌어놓았다면, 더 이상 돈 버는 일과 상관없는 다른 일에 관심을 가져야 한다. 그건 돈 버는 일보다는 더 중요한 뭔가가 되어야 한다. 예를 들어 인간관계, 아니면 예술일 수도 있으며, 또는 어렸을 때 가졌던 꿈일 수도 있다. …… 잃어버린 모든

물질적인 것들은 다시 찾을 수 있다. 하지만 삶은 한번 잃어버리면 절대로 되찾을 수 없는 유일한 것이다.

그렇다. 아무리 불타는 소유욕을 가지고 있는 나라 할지라도, 시간을 소유할 수는 없다. 시간이란 소유하는 것이 아니라 그것에 몸을 맡겨야 하는 것이므로. 어쩌면 시간이 나를 소유하고 있다고 말하는 게 옳은 표현일 것이다. 그러니 어떻게 해서든 물질적인 것들에 대한 탐욕을 버려야 한다. 하지만 나는 아직도 죽기 전에 람보르기니를 한번 몰아보고 싶고, 이탈리아 피렌체 근교에 있는 작은 성을 하나 갖고 싶고, 그러고도 얼마간의 여유가 남는다면 지중해 앞바다에 요트도 한 척 가지고 싶다. 꿈을 꾸는 것은 자유니까. 아무리 오래 살아도 인간은 철이 들지 않는 동물이다.

오늘의 BGM
「Dust in the wind」 - Kansas

소원을 말하면
들어줄게

당신의 세 가지 소원은 무엇인가?
말하지 않으면 이루어지지 않는다.
그러니 주저하지 말고 말해보라.

· · ·

소녀시대가 노래한다. '소원을 말해봐, 봐, 봐!' 글쎄? 생각을
안 해봐서 모르겠는걸? 소원을 말해봐, 진짜로 들어준다니
까! 그러고 보니 세 가지 소원에 대한 질문은 《PAPER》 인터
뷰에서도 항상 묻곤 했다. 저마다 다른 각양각색의 대답이
있었다. '세계 평화'부터, '세 가지 소원이 아닌 백 가지 소원
을 들어주세요'에 이르기까지. 사람마다 삶의 지향점과 원하
는 바가 다르므로, 대답도 다른 것이 당연했다.

　아무튼 소녀시대는 소원을 들어줄 것처럼 하더니 어디론
가 사라졌다. 소원에 대한 바람이 기억 속에서 가물가물해
질 즈음 영화 〈페어리〉에서 여자 주인공이 남자 주인공에게
다시 그 질문을 던졌다. '세 가지 소원을 말해봐. 나는 요정
이야. 정말로 들어준다니까!' 남자 주인공이 대답했다. '스쿠

터, 평생 무료주유권, 그리고…… 세 번째는 생각이 나질 않는걸?' 일단은 거기까지. 이야기를 좀 더 했다가는 스포일러가 될 터이므로. 아무튼 영화 〈페어리〉를 볼 생각이라면, 영화 〈룸바〉와 〈파리에서 길을 잃다〉도 함께 추천한다.

그렇다면 나의 세 가지 소원은 무엇인가? 참으로 심오하면서도 가슴이 설레는 질문이다. 게다가 말하면 반드시 이루어진다고 하지 않는가? 당신도 한번 생각해보면 좋겠다. 당신의 세 가지 소원이 무엇인지.

나의 세 가지 소원을 말하자면…… (소원을 말할 시기와 상황에 따라 대답은 달라질 것이다) 요즘에 생각하는 첫 번째 소원은 로또 1등 당첨이다. 나이는 많이 먹었고 하고 싶은 일은 많은데 통장 잔액이 얄팍해서 무슨 일을 벌이기가 만만치 않기 때문이다. 어느 정도의 여유자금만 있다면, 이런저런 재미난 일을 벌일 수가 있는데 그렇게 여유롭게 쓸 수 있는 돈이 수중에 없다는 게 문제다. 그래서 로또 1등에 당첨된다면 앞으로 10년 동안은 여러 사람이 즐거워할 재미나는 일들을 벌일 수 있을 텐데…… 그게 안타까워서 로또 1등 당첨이 소원이다. 당첨되면 무슨 스포츠카를 사고 호화 유람선 세계 일주를 하고 싶어서 그러는 게 절대 아니다.

두 번째 소원은…… 없다. 아, 나의 첫 번째 소원이 이루어지는 것. 그것이 나의 두 번째 소원. 세 번째 소원도 나의 첫 번째 소원이 이루어지는 것. 아니다. 세 번째 소원은 '이번 주 로또 1등에 당첨될 번호를 알고 싶다'는 것이다. 요즘 나의 세 가지 소원은 그렇다. 좀 더 재미나고 엉뚱한 프로젝트들을 제안해 많은 이들이 함께 즐거워할 만한 일들을 벌여보고 싶기 때문이다. 돈을 버는 일이 아닌 순전히 돈을 쓰는 일이니…… 로또 1등 당첨을 그토록 바라는 것이다.

그렇다면 당신이 대답할 차례다. 당신의 세 가지 소원은 무엇인가? 내가 원하는 일들이 이루어지게 해주세요. 내가 원하지 않는 일들이 일어나지 않게 해주세요. 꼴 보기 싫은 인간들이 모두 사라지게 해주세요. 그 사람이 나를 사랑하게 해주세요. 늙지 않게 해주세요. 과거로의 시간 여행을 할 수 있게 해주세요…… 등 당신이 정말로 원하는 게 무엇인지 나지막이 소리 내 조근조근 이야기해보자. 말하지 않으면 이루어지지 않는다. 그러니 주저하지 말고 말해보라.

오늘의 BGM

「夢中人」- 왕페이

나의 어금니가
내게 가르쳐준 것들

당분간은 그런 식으로 살아볼 생각이다.
자연에 순응하는 겸허한 자세로 말이다.

· · ·

　새벽에 눈을 뜨니, 입안 가장 깊숙한 곳에 자리 잡고 있던 어금니 하나가 빠지려고 했다. 오른쪽 두개골 위턱에 깊숙이 뿌리내리고 있던 믿음직한 어금니가 조금씩 흔들거리기 시작한다는 걸 느낀 건 지난해의 일이다. 이 어금니의 반대쪽 어금니의 충치 치료를 위해 치과에 갔을 때 의사는 어금니가 흔들리기 시작하면 잇몸이 자주 붓고 그러면 뼈에도 염증이 생길 수 있으니 곧장 이를 뽑는 게 좋겠다며…… 금세라도 빠질 듯 흔들리는 어금니를 뽑자고 권했다. 고통을 끌어안고 사느니 고통의 원인을 없애는 것이 좋지 않겠느냐는 충고로 나를 설득했다.

　하지만 내가 누군가? '미스터 낫싱', 아무것도 버리지 못하는 사람이다. 소소한 잡동사니조차 버리지 못하는 내가 사랑스러운 어금니를 포기할 수 있을까? 젖니가 빠지고 영구치가 돋은 이후로 50년이 넘도록 내 입안의 가장 깊숙한 곳에 달라붙어 삶의 동고동락을 함께해온 어금니를 어찌 그리 쉽게 떠나보내겠는가. 따끔한 마취 주사 한 방과 치과용 펜치의 묵직한 움직임 몇 차례로 밭에서 무를 뽑아내듯 쑥 뽑아내자고? 무슨 말을 그렇게 섭섭하게 하는지.

나는 애써 부드럽게 미소 짓는 얼굴로 의사에게 대답했다. '제가 가지고 있는 이가 몇 개 남아 있질 않아서요…….가능하면 좀 더 데리고 있고 싶네요. 언젠가는 저절로 헤어지는 날이 올 테니까 말이죠' 의사는 참으로 말귀를 못 알아듣는 딱한 양반이라는 표정을 지으며 '아, 그러세요. 그럼 나중에 잇몸이 아파지면 다시 오세요. 그때 뽑기로 하죠'라며 다소 쌀쌀맞게 말하고는 원장실 안으로 들어가 버렸다. 조금 무거운 마음으로 수납 창구로 가 치료비를 내고 치과 밖으로 나왔다. 혀끝으로 살짝 건드려보니 흔들리는 어금니가 슬그머니 웃고 있는 게 느껴졌다. 아직은 살아남았다는 따뜻하고 평온한 느낌의 안도감.

그 일이 있고 1년이라는 시간이 흐른 뒤, 어금니는 날이 갈수록 더 많이 흔들리기 시작했다. 흔들리는 와중에 의사가 예견한 것처럼 어금니 부근의 잇몸이 퉁퉁 부어오르고 염증이 생기는 바람에 양치질할 때마다 피가 나기도 했고, 아무 생각 없이 가만히 앉아 있을 때도 욱신거리는 통증이 느껴지는 날도 더러 있었다. 음식을 씹을 때마다 조심하려고 정신을 집중하곤 했지만, 어쩌다가 그 흔들리는 이로 딱딱한 견과류를 씹거나 질긴 고기의 힘줄이라도 넌지시 깨물어주는 날엔 정수리에 벼락을 맞은 것 같은 짜릿한 통증을 느끼곤 했다.

통증은 깊었고 강렬했지만, 뜻밖에 그 통증 속에 묘한 쾌감이 뒤섞여 있음을 느낄 수 있었다고나 할까? 삶에 대한 애착이 마치 비수와도 같이 통렬하게 파고드는, 가히 황홀하다고 표현해도 좋을 것 같은 느낌의 통증. 잘 생각해보면 한없이 행복하기만 한 그런 즐거움이 없듯이 죽도록 아프기만 한 그런 통증도 없는 법이다. 행복 속에도 고통은 있고 통증 속에도 희열이 있는 것이다. 이해할 수 없다고 의심을 품는다면 달리 할 말은 없지만 아무튼 내가 느끼기에는 그렇다는 이야기다.

어금니의 흔들림으로 인해 참을 수 없을 정도로 깊은 통증이 온몸을 휘감는 날에는 하는 수 없이 소염진통제의 도움을 받아가며 그 통증을 견뎌내곤 했다. 통증은 여러 날 동안 꾸준히 이어질 때도 있었고, 그러다가 또 거짓말처럼 잔

잔해지는 날도 있었다.

대체로 일을 지나치게 열심히 해 몸이 피곤하거나, 정신 줄을 놓고 넘치도록 많은 양의 술을 하루가 멀다 하고 마셔 댄 시기에는 여지없이 정의의 심판이라도 내려지듯 무시무 시한 형벌로서의 통증이 찾아왔다. 그 흐름에는 단 한 차례 의 예외도 없었다. 내가 몸을 함부로 대하면, 어금니가 먼저 그 상황을 알아차렸고 어금니의 상황 인식과 함께 그 어금 니를 둘러싼 잇몸이 부어오르기 시작했다. 신기하다 못해 경 이롭기까지 한 일이었다.

그래도 지난 1년 동안은 잇몸에 간신히 의지해 어금니로 서의 명맥을 유지해왔던 나의 사랑스러운 어금니가 며칠 전 부터는 매우 심하게 흔들리기 시작하더니 오늘 새벽엔 드디 어 잇몸으로부터 심각할 정도로 떨어져 나와 춤을 추듯 빙 글빙글 돌아가는 지경에 도달한 것이다. 오늘내일 사이에 '오 랫동안 나와 함께 해왔던' 어금니가 내 몸과 영원히 분리되 는 이별을 경험하게 될 것이다.

어젯밤 어금니의 안부가 궁금해 손가락으로 살짝 잡아봤 더니, 별다른 통증도 없이 어금니가 그냥 스르르 빠져나오 고 말았다. 우지끈하는 소리라도 낼 줄 알았더니 뜻밖에 다 소곳하게 빠져나온 것이다. 어느 정도는 짜릿한 통증이 수반

되길 기대했었는데, 아주 착하고 순하게 빠져나왔다. 그래서 조금은 서운하기까지 했다.

어쨌든 그렇게 해서 어금니 하나가 제 수명을 다했다. 비록 아주 천천히 오길 바라기는 했지만, 그래도 나는 이 시간이 오기를 기다리고 있었던 것 같다. 어금니가 내 몸의 선택으로 저절로 빠져나가는 날을 말이다. 나는 은근히 그날을 기다려왔다. 어금니 하나가 사라지고 난 뒤에 벌어질 그다음 상황이 궁금했기 때문이다. 임플란트? 나는 내 두개골에 나사못을 심어 넣으면서까지 인공적으로 새로운 어금니를 내 잇몸에 꽂아 넣지는 않을 생각이다. 선택이란 어차피 각자의 몫이니까. 나는 그저 자연스러운 흐름에 내 몸을 맡기고 싶을 뿐이다.

아침저녁으로 이를 잘 닦았음에도 어금니가 내 몸에서 빠져나가게 된 이유가 무엇인지 곰곰이 생각해보았다. 그리고 이제 내가 나이를 많이 먹었고 당연히 내 몸의 모든 부분이 제대로 힘을 쓰지 못하는 지경이 되었기 때문이라는 결론에 쉽게 도달할 수 있었다. 가파른 언덕길을 오르면 숨이 가쁘고, 오래 걷고 나면 무릎 관절이 시큰거리고, 그렇다고 또 너무 오래 앉아 있으면 엉덩이뼈가 아프고…… 뭐 그런 식이다. 그러니 잇몸인들 성하고 어금니인들 튼실하게 버틸 것인가? 그럴 턱이 없다.

잇몸에 건전하게 틀어박혀 있던 어금니가 슬금슬금 흔들거리다가 제 수명을 다하고 빠져나간다는 것은 생물학적으로 무엇을 의미하는가? '이젠 좀 작작 드시라'는 메시지인 것이 분명하다. 그동안 술은 마음껏 마시지 않았는가. 그러니 이제부터는 좀 부드럽고 소화가 잘 되는 음식들로 가려서 먹으라는 자연의 메시지다. 나는 빠져나간 어금니의 메시지를 그렇게 해석한다.

몸의 상태에 맞게 섭생을 하는 것이 중요하다. 배 속인들 온전한 상태랴. 안 봐도 훤하다. 40년이 넘도록 꾸준히 술을 마셨으니, 그 속이 어련하랴. 어쩌면 내장 기관의 작당으로 어금니가 빠져나간 것인지도 모르겠다. 내장들도 스스로 방어하고 보호하고 싶은 본능이 있을 것이 아닌가. 몸에서 일어나는 모든 일은 다 그것이 필요해서 일어나는 일이다. 그러니 겸허히 받아들일 일이다.

그래서 나는 이제부터는 질긴 음식이나 딱딱한 음식은 가려먹는 것이 필요하리라고 본다. 어금니 하나가 사라져버렸으니 당연한 일이기도 하다. 하지만 술이야 씹어서 먹는 음식도 아닌데다가 어금니하고 그다지 직접적인 상관이 없다고 생각하니까, 술을 제외한 다른 음식은 양을 줄이고 소화가 잘 되는 음식으로 가려서 먹을 생각이다. 사실은 며칠 전부터 또 다른 어금니가 슬금슬금 흔들리는 상태긴 하지만, 아무튼 당분간은 그런 식으로 살아볼 생각이다. 자연에 순응하는 겸허한 자세로 말이다. 그런 의미에서, 건배!

오늘의 BGM
「와그라노」 - 강산에

죽음이라는 이름의
축제

한 인간이 나이를 먹고 쇠약해져서 세상과 작별할 시기가 되면,
그때가 되었다는 걸 감지할 수 있으리라고 나는 믿는다.

. . .

이제 곧 나의 장례식이 시작될 모양이다. 장례식은 본래 내가 죽은 후에 치르는 것이 원칙이다. 죽지 않은 상태에서는 장례식을 할 수가 없기 때문이다. 내겐 평생을 꿈꿔온, 꼭 해보고 싶은 장례식이 있다. 바로 내가 살아 있을 때 하는 장례식이다. 그러니까 죽음의 퍼포먼스라고나 할까?

한 인간이 나이를 먹고 쇠약해져서 세상과 작별할 시기가 되면, 그때가 되었다는 걸 감지할 수 있으리라고 나는 믿는다. 불의의 사고로 세상을 떠나는 게 아니라면 말이다.

내가 이 세상과 작별할 시기가 되었다는 걸 자각했을 때. 나는 서둘러 나의 장례식을 치르고 싶다. 그러니까 내 목숨이 아직 붙어 있을 때 장례식을 치르는 것이다. 죽기 30일 전쯤에 나의 장례식을 직접 연출하고 싶다. 물론 그 전제는 정신 상태가 멀쩡한 상태라야만 한다.

100명 정도의 하객이자 조문객을 초청할 생각이다. 그동안 내가 살면서 유난히 가깝게 지냈던 나의 벗들에게 초청장을 보내, 미리 예약해둔 작은 소극장으로 그들을 초대할 것이다. 객석은 계단식으로 되어 있고 등받이가 따로 없는, 이동이 자유로운 소극장이 좋겠다. 무대 한복판의 테이블에는 온갖 종류의 술과 안주를 차려놓을 것이다. 그러니까 무대 위에 술상이 차려지는 셈이다. 안주는 내가 살아생전에 좋아하던 음식으로 장만할 생각이다.

사회자가 따로 있겠지만 프로그램은 30일 후에 죽음을 맞을 예정인 내가 직접 진행할 생각이다. 죽음의 당사자이자 주인공인 나는 무대 중앙에 마련된 술상 앞에 앉는다.

나의 죽음을 추도하기 위해 모인 조문객들은 객석에 자리를 잡고 앉아 전체 프로그램을 감상할 것이다. 추모식 공연은 인터미션 없이 장장 세 시간 동안 진행될 것이다. 전화 통화를 해야 한다거나, 담배를 피워야 하는 사람들은 수시로 자유롭게 공연장 밖으로 나가 자신의 시간을 누릴 수 있고, 혹시라도 공연이 지루하다면 그냥 집으로 가도 된다.

추모식의 총연출 감독인 나는 마이크를 잡고, 객석에 앉아 있는 100여 명의 하객 중에서 눈에 들어오는 사람을 불

러내어 그가 좋아하는 술 한 잔을 권하고 마시게 한다. 그렇
게 무대로 불려 나온 사람은 나와 가벼운 인사를 나눈 후에
술을 한잔 마시고, 나에게 하고 싶은 마지막 이야기를 객석
을 향해 자유롭게 한다. 조문객 한 명이 마이크를 잡고 말할
수 있는 시간은 3분 이내로 제한할 것이다. 10명이 3분씩 쓰
면 그 시간만 이미 30분이 되므로, 가능하면 1분 안에 이야
기를 끝내는 것이 좋다고 권유한다.

발언을 하는 동안, 눈물을 흘린다든가 목이 메어 숨을 제
대로 쉬지 못한다든가 하는 행위로 장내 분위기를 숙연하게
만드는 조문객은 격리 수용해 안정제를 먹일 것이다.

조문객은 일정 금액의 축의금 또는 조의금을 죽음을 앞
둔 나에게 저승길로 가는 여비에 보태라며 기부하고, 따로
준비한 선물을 주기도 한다. 선물은 나와 함께 찍은 사진이
라든지, 자신이 쓴 추도문을 적은 편지라든지, 자신이 접은
종이학이라든지, 또는 금덩어리라든지 그런 것들이면 좋겠
다. 이때 조문객이 나에게 선물한 물건들은…… 내가 생전에
로또에 당첨된다는 전제로 건립 예정인 '백두몽 갤러리'에
상설 전시하기로 한다.

추모 공연이 진행되는 동안, 내가 생전에 즐겨 듣던 노래
를 틀 것이다. 바흐의 무반주 첼로에서부터 조용필의 「킬리

만자로의 표범」, 한대수, 전인권, 송창식, 한영애, 산울림, 심수봉 등. 물론 레드 제플린, 핑크 플로이드, 밥 딜런, 비틀스, 엘비스 프레슬리, 퀸, 레너드 스키너드, 핑크 마티니와 바야콘 디오스 등도 빼놓을 순 없겠지.

조문객이 무대 위 테이블에 놓인 술을 선택해 술잔에 따라 마실 때, 나도 그들이 마시는 술을 딱 한 모금씩만 맛볼 예정이다. 그러니까 딱 100잔! 어쩌면 나는 추모 공연에서 너무 많은 술을 마시는 바람에, 30일 이후가 아닌 바로 그날 밤에 죽음을 맞을지도 모른다. 조문객들은 그 상황에 대비할 필요가 있다.

무대에서 행사가 진행되는 동안 조문객은 자신의 주변에 차려져 있는 온갖 종류의 술과 안주를 선택해 마음껏 마실 수 있다. 그러니까 비몽사몽의 혼연일체라고나 할까?

공연 내내 무대 뒷면의 스크린에는 내가 생전에 찍은 사진들, 그린 그림들…… 그리고 내 모습이 등장하는 웃기는 스냅 사진들을 무작위로 투사할 생각이다.

웃고 즐기며 술에 흠뻑 취해가는 사이 나의 장례식도 서서히 대단원의 막을 내리겠지. 한 인간이 태어나 그가 살아온 세상과 작별하는 시간의 즐거운 마침표. 나 태어나 한평생 이렇게 살다 간다. 우리의 선배들도 갔고, 나도 가고, 언젠간 너희도 이곳을 떠나겠지. 우리가 언젠간 그렇게 떠날 존재들이라는 걸 미리 알았더라면…….

물론 그걸 몰랐던 것은 아니지만 이렇게 몸으로 체감할 정도로 미리 알았더라면, 그랬더라도 이제껏 내가 살아온 방식으로 살았을까? 당연히 그렇겠지, 그게 나니까…….

잘났건 못났건 누구나 저마다의 인생을 살다가 간다. 순풍에 돛단 듯 살든 엎치락뒤치락하며 살든…… 자신의 삶을 잘 마무리할 필요가 있다. 한바탕 놀았던 자리를 청소는 하고 가야 할 것 아닌가?

그리하여 올해부터 나의 추모식 공연에 참가할 조문객들을 모집하기로 했다. 미리미리 인원을 추려 그 규모에 맞는 공연장을 예약할 필요가 있기 때문이다.

살다 보면 언제 갈지 모르는 일이다. 한방에 훅 가는 수가 있으니까……. 어차피 일장춘몽이요, 잠시 들렀다가 가는 소풍. 그래서 나는 오늘도 행복한 장례식을 꿈꾼다.

오늘의 BGM
「Stairway to heaven」 - Led Zeppelin

모든 오늘은
어제가 된다

오늘은 반드시 어제가 될 테니 '좋은 오늘'을 만들기 위해서
날마다 노력하는 편이다.
매일매일 그렇게 오늘을 산다.

．．．

영화 속에서 무표정한 얼굴로 의사가 그녀에게 물었다. 가장 행복했던 때가 언제였냐고. 그녀는 잔뜩 찌푸린 얼굴로 '생각나지 않아요' 하고 대답했다. 의사가 다시 묻는다. '언젠가 행복한 시절이 있었을 거 아니에요. 어린 시절이라든지, 학창 시절……' 그녀는 고개를 들고 의사를 바라보며 이야기한다. '없었어요. 행복한 날이 없어요. 열흘째 잠을 못 자서 머리가 너무 아파요. 잠을 잘 수 있는 약을 처방해주세요' 그렇게 중얼거린다.

겹겹이 쌓인 고통으로 일그러진 그녀의 눈빛을 바라보며 생각했다. 나의 가장 행복한 시절은 언제였을까? 돌아보면 나의 삶은 행복한 시간투성이였다. 넘쳐나도록 행복해서 어느 때가 가장 행복했다고 말해야 좋을지 몰라서 진땀이 날

지경이다.

아무것도 모르던 어린 시절 골목길로 소리를 지르며 뛰어다녔던 때도 행복했고……. (혹시라도 이 시절의 골목길 풍경이 궁금하시다면 김기찬 사진작가의 『골목 안 풍경』이라는 작품집을 펼쳐보시길) 국민학교(지금의 초등학교) 5학년 때 같은 반 여자아이에게 호감을 느껴 그 아이의 집이 어디인지 알고 싶어서 방과 후에 몰래 뒤를 따라다니곤 했던 시절……. 중학교 1학년 때 함께 과외 수업을 듣던 여자아이에게 마음을 빼앗겨 심장이 몸 밖으로 튀어나왔던 시절……. (하라는 공부는 안 하고……. 기억을 더듬어 돌아보면 그 여자아이는 고소영과 많이 닮았던 것 같다) 공부에 대한 욕망을 접고, 해가 저물도록 공을 차며 놀던 시절도 행복했고. 고등학교 수학여행 때 경포대로 놀러갔을 때의 일들도 새록새록 행복한 장면이고. 두툼한 뿔테 안경에 검은색으로 물들인 미제 군용 점퍼를 입고 에밀 아자르의 『자기 앞의 생』을 옆구리에 끼고 종로 뒷골목을 돌아다녔던 재수생 시절도 행복했고. 결국에는 그토록 원했던 미대에 입학해 실기실에 아무도 남지 않을 때까지 혼자 그림을 그렸던 시절도 행복했고. 숨이 가빠서 이루 다 말할 수 없을 정도로 행복했다. 정말로.

대학교 시절까지만 행복했느냐고? 설마 그럴 리가! 대학을 졸업한 후에는 더 행복해졌다는 게 정답이다. 뭐든지 내 맘대로 할 수 있었으니까. 그러니 돌이켜보면 내 인생의 전반이 행복했다. 고통스러운 기억을 찾아내기가 어려울 정도로 행복했다. (혹시 내가 죽을 때가 다 되어 이런 생각을 하는 건 아니겠지?) 지나간 일들은 고통스러운 시간마저 아름답게 포장되기 마련이니까. 역사가 늘 승리한 자의 관점으로 기술되듯이, 어쩌면 우리의 과거도 우리가 원하는 관점으로 기록되고 기억되는 것인지도 모른다. 행복에 관한 이야기로 돌아가자. 행복했던 시절에 관해 이야기하는 것은 그 자체만으로도 기분 좋아지는 일이니까.

다시 당신에게 묻는다. 당신이 가장 행복했던 때는 언제인가? 설마 '없다'고 대답하려는 건 아니겠지? 진심으로 바라건대 당신이 그런 대답을 하지 않길 바란다. 당신도 최소한 나 정도는 행복한 시절을 보냈으리라고 믿는다. 어떻게 그걸 믿을 수가 있느냐고? 인생은 아름다운 거니까. 인생이 얼마나 아름다웠으면 영화로까지 만들어졌을까! 로베르토 베니니가 감독과 주연을 맡은 영화 〈인생은 아름다워〉의 제목처럼 말이다. 그는 전쟁 속에서도 행복했고, 아우슈비츠 수용소에서도 행복했으니까.

지난날의 꿈길을 걷는 일은 달콤하다. 과거의 기억은 조금씩 각색해 추억할 수 있기 때문이다. 짝사랑이었던 그 아이가 나에게 어느 정도는 관심이 있던 것으로 기억할 수도 있고, 실제로는 처절한 패배를 맛본 경험이었으나 그 패배를 이긴 것과 다름없는 패배로 미화해 기억할 수도 있다. 우리의 이기적인 뇌가 그렇게 기억하기를 원하기 때문이다. 우리의 뇌는 사실을 그대로 기억하길 원하지 않는다. 사실대로 기억하는 건 괴로운 일이니까 괴로웠던 일들도 살짝 비틀어서 좋은 기억으로 저장해둔다. 그래서 시간이 지난 후에 꺼내어보는 추억은 모두 아름다워 보이는 것이다.

엊그제 처음 만난 누군가가 나에게 질문을 했다. '선생님은 제일 행복했던 때가 언제였나요?' 저 위에서 했던 이야기를 처음부터 다시 시작해야 하나? 인생 전반이 통째로 행복했다고. 나는 이렇게 대답했다. 바로 지금이 가장 행복한 순간이라고. '당신과 함께 있는 이 시간이 가장 행복하다. 당신과 마주 앉아 이야기를 나눌 수 있어서 행복하다'고. 상대방은 약간 기뻐하면서도 기겁하는 표정으로 손사래를 쳤다. '어휴, 제가 선생님께 잘해드린 것도 없는데요!' 나는 다시 미소를 지으며 대답했다. '앞으로 잘해주실 거잖아요!' 그러고는 함께 웃었다. 하지만 당신과 함께하는 이 시간이 행복하고 소중하게 느껴진다는 것은 진심이다. 당신은 내가 좋아하는 사람이고, 당신은 날 기쁘게 하니까.

모든 오늘은 어제가 된다. 하루의 유통기한은 24시간이므로. 오늘이 지나고 나면 내가 보낸 오늘은 하루 만에 과거가 된다. 어이없는 일이다. 오늘이 어제가 되다니. 아무리 막아보려고 애써도 오늘은 반드시 어제가 될 테니 '좋은 오늘'을 만들기 위해서 날마다 노력하는 편이다. 매일매일 그렇게 오늘을 산다. 내일이 되어 뒤돌아본 오늘이 행복하게 느껴질 수 있도록. 마치 어제를 살듯이 오늘을 산다.

오늘의 BGM
「Yesterday once more」- Carpenters

나는 왜 행복한가?

누군가가 느닷없이 내게 '행복하냐?'고 물어오면,
나는 습관처럼 '그렇다'고 대답한다.
그러면 그들은 의아한 표정으로 내게 다시 묻는다.
'어떻게 늘 그렇게 행복할 수 있는 거죠?'
그러면 나는 다시 이렇게 대답한다.
왜냐하면 내가 행복하지 않을 이유가 없기 때문이다.

숨을 쉴 수 있으니까 행복하고,
심장이 뛰니까 행복하고,
눈을 뜨면 눈앞의 풍경이 보이니까 행복하다.
손으로 만지면 촉감을 느낄 수 있으니까 행복하고
두 다리로 걸을 수 있으니 행복하다.
맛있는 음식을 먹을 때
그 맛을 느낄 수 있으니 행복하고
그 음식을 나 혼자만의 힘으로
삼킬 수 있으니 행복하다.

게다가 내 생각을 스스로 정리할 수 있고
글로 옮기거나 말로 표현할 수 있으니 행복하다.

그뿐인가?
그림을 그릴 수도 있고,
사진을 찍을 수도 있고,
노래를 만들 수도 있고,
춤을 출 수도 있다.
그러니 어찌 행복하지 않을 수 있겠는가?
그런 상태이면서도 행복하지 않다면,
도대체 어떤 상황이 되어야 행복할 수 있는 걸까?

결국, 모든 것이
고마움으로 하나가 된다

이 책이 나오기까지 네 사람의 도움이 있었다.

이보람, 김수연, 조유진, 나다영.

이보람은 내게 글을 좀 써보지 않겠느냐며

남산에 있는 내 작업실로 찾아왔던 인물이다.

온갖 감언이설과 정신이 몽롱해지는 향정신성 음료로

나를 홀려 이 책에 실린 글들을 쓰게 만들고

책의 전체적인 흐름을 잡아준 고마운 에디터다.

그녀의 영롱한 권유와 친절한 도움이 없었더라면

이 책은 세상에 나오지 못했을 것이다.

김수연은 이보람이 즐겁게 일하도록 격려해준 팀장이며
이보람과 나에게 열렬하고 든든한 성원을 보내준
맏언니 같은 인물이다.
그녀의 한결같은 응원과 지지는
이 책을 함께 만든 이보람과 나에게 큰 힘이 되었다.

조유진은 내게 글을 써보라며 가슴에 불을 질러놓고는
글이 모두 완성되기 무섭게 시칠리아로
휘리릭 날아가 버린 '무책임한 이보람'의 뒤를 이어
나의 글들을 이리저리 잘 배치해 제 자리를 찾아가도록
책의 모양새를 잡아 마무리해준 발군의 '구원투수'다.

나다영은 막판에 혜성같이 나타나
반짝이는 아이디어와 신선한 발상으로
이 책의 지면 사이사이에 생기를 불어넣어준
드라마틱한 '히든카드'의 역할을 맡았다.

이 책에 담긴 글들이 독자들을 만날 수 있기까지
큰 도움을 준 네 명의 동지들에게 깊은 고마움을 전한다.

그리고

오늘의 내가 존재할 수 있도록 내 곁에서 도움을 준 친구들.
《PAPER》를 만들며 함께 낄낄대며 좋아했던 나의 동지들.
20년도 넘는 세월 동안 함께 울고 웃으며
진득한 응원을 보내주었던 《PAPER》의 열혈독자들에게도
가슴 뭉클한 고마움을 전한다.

나의 온갖 기행과 광란에 가까운 일상의 어이없음을
그저 묵묵히 자비로운 눈빛으로 지켜보아주고 잘 견뎌준
나의 아내와 아들에게도 민망한 고마움을 건넨다.

그리고 맑은 날이든 흐린 날이든
내 몸을 온전히 맡기고
내 열정을 불사를 수 있게 해준
나의 남산 성곽마을 작업실에게도
두 손 모아 고마운 마음을 전한다.

평생 동안 무책임한 자세를 유지하며 살아왔다.
'무책임하게 사는 것'만큼 편한 삶이 없기 때문이다.
60년도 넘는 세월을 시종일관 무책임하게 살아왔으니

앞으로의 남은 삶은, '최소한의 책임 정도는 지는' 자세로
살아보는 게 좋겠다는 생각이 슬며시 들었다.

어쩌면 당당하게 책임을 지며 살아가는 삶이
오히려 더 즐겁고 보람찬 삶일지도 모르겠다는 생각이
이제서야 뒤늦게 떠올랐기 때문이다.

마지막 원고까지의 모든 글쓰기를 마치고 나서
격하게 솟아오르는 고마움들을 간신히 끌어안으며….

행복한 김원 드림

KI신서 8876

마시지 않고도 취한 척 살아가는 법

1판 1쇄 인쇄 2020년 1월 14일
1판 1쇄 발행 2020년 1월 22일

지은이 김원
펴낸이 김영곤
펴낸곳 (주)북이십일 21세기북스

출판사업본부장 정지은
뉴미디어사업팀장 조유진 **뉴미디어사업팀** 나다영 이지연
표지디자인 thiscover
영업본부장 한충희 **출판영업팀** 오서영 윤승환
마케팅팀 배상현 김윤희 이현진
제작팀 이영민 권경민

출판등록 2000년 5월 6일 제406-2003-061호
주소 (10881) 경기도 파주시 회동길 201(문발동)
대표전화 031-955-2100 **팩스** 031-955-2151 **이메일** book21@book21.co.kr

(주)북이십일 경계를 허무는 콘텐츠 리더

21세기북스 채널에서 도서 정보와 다양한 영상자료, 이벤트를 만나세요!
장강명, 요조가 진행하는 팟캐스트 말랑한 책 수다 〈책, 이게 뭐라고〉
페이스북 facebook.com/jiinpill21   **포스트** post.naver.com/21c_editors
인스타그램 instagram.com/jiinpill21   **홈페이지** www.book21.com
유튜브 youtube.com/book21pub
서울대 가지 않아도 들을 수 있는 명강의! 〈서가명강〉
유튜브, 네이버, 팟빵, 팟캐스트에서 '서가명강'을 검색해보세요!

ⓒ 김원, 2019

ISBN 978-89-509-8532-5 03810